W0029190

Erwin Strittmatter

Geschichten ohne Heimat

Erwin Strittmatter

Geschichten ohne Heimat

Herausgegeben von Eva Strittmatter

Aufbau-Verlag

Mit einem Nachwort
von Eva Strittmatter

Mit 8 Faksimiles

ISBN 3-351-02953-5

1. Auflage 2002

Einbandgestaltung Henkel/Lemme
Druck und Binden
GGP Media, Pößneck
Printed in Germany

www.aufbau-verlag.de

Inhalt

Großer Augenblick ... 9
Auf der Suche ... 12
Frostnacht ... 16
Freundschaft ... 17
Die Geburt ... 18
Die Jagd ... 21
Bei den Waldarbeitern ... 23
Die Randfichte ... 25
Vorfrühling ... 26
Verzögerter Frühling ... 28
Die weinenden Bäume ... 29
Kleinstadtfrühling ... 30
Stadtfrühling ... 31
Aus vergangener Zeit ... 32
Tbc-frei ... 34
Die Redakteure ... 35
Dorfspuk ... 37
Das ewige Trauerspiel ... 39
Fragebogen für Besucher ... 41
Der Dornstrauch ... 42
Spaziergang ... 43
Holunderschatten ... 45

Herzleid 46
Die Chefmütze 47
Das Kreuz 48
Matthes' Rückkehr 50
Die Waldrose 51
Violetter Abend 54
Im Taubenschlag 56
Ein neues Fenster 58
Auf dem Kahlschlag 60
Möglichkeiten. Satz mit vier Wörtern 61
Zeugung 63
Die Waage 64
Vogelfutter 65
Unwiderruflich 66
Der Selbstbetrug 68
Pferdehandel im *Rossija* 72
Die Hand 79
Das Erdbeerbeet 82
Wir waren durch die Wälder geritten 85
Der Maurer 88
In der Grotte 91
Verrat 99
Die Beleidigung 103
Brief an Gerhard Holtz-Baumert 112
Der Doktor 117
Ein anderer Doktor 123

Am Maiglöckchenhügel 127
Der kleine Gott oder Der Tölt 134
Greise Rivalen 149
Die Cholera 153
Die Unterschlagung 165
Ein Grundstück bei Rheinsberg kaufen 172
Matt und der Alte auf Island 190

Anhang

Nachwort *von Eva Strittmatter* 225
Faksimiles
Unwiderruflich 231
Der Selbstbetrug 236
Die Randfichte 239

Großer Augenblick

Stiefgroßvater Gottfried Jurischka hat mitten im Dorf in der Nähe des Dorfteiches einen Gras- und Obstgarten. Dorthin darf ich das Rotschimmel-Fohlen, das jetzt gewachsen ist und ausgelegt hat, wie man in Pferdemännerkreisen sagt, allmorgendlich zum Weiden bringen. Der Großvater geht aus Sicherheitsgründen mit und nimmt dem Fohlen im Grasgarten den Halfter ab und hängt ihn an einen Apfelbaum. Ich bleibe bei meinem Pferd, singe und summe, treibe kleine Spiele, aber seit einiger Zeit meldet sich aus tief innen bei mir der Urahne aus einem slawischen Reitervolk, bedrängt mich mit dem Wunsch, mein Fohlen zu reiten. Aber wie es besteigen, ich bin höchstens fünf Jahre alt, darf man nicht vergessen, und das Fohlen ist allmählich ein Jährling, und ich kann seinen Widerrist nurmehr mit ausgestreckter Hand erreichen, aber da spielt mir das Fohlen selber die Gelegenheit zu. Eines Tages legt es sich hin beim Weiden unter einen Apfelbaum, ich sehe es, warte eine Weile und setze mich dann auf seinen Rücken. Das Fohlen läßt mich sitzen, rührt sich nicht. Ich aber möchte reiten. Ich hole den Halfter vom Apfelbaum, halftere das Tier auf, mach aus dem Führstrick eine Reitleine, ich zerre an der Reitleine, das Fohlen steht auf, geht ein paar Schritte, bleibt mäßig, ich möchte aus dem Garten ins Dorf reiten, was treibt mich dazu, ist es schon Eitelkeit oder nur die alte, tiefeingeborene Lust des Reiters zu zeigen, daß er im Stande ist, sich die Vierbeine eines Tieres zu Nutze zu machen und schneller zu sein als Menschen, die sich nur ihrer eigenen zwei Beine bedienen?

Wenn ich aus dem Garten hinausreiten will, muß ich das Tor öffnen, wenn ich das Tor öffnen will, muß ich absitzen, ich tus und öffne das Tor, aber ich kann nicht wieder aufsitzen, muß warten, bis sich das Fohlen wieder legt, und solange muß ich schützend vor dem Ausgang stehen, und das Fohlen legt sich wieder, es hat keine Lust zum Fressen, und nun kommt mein großer Augenblick, ich sitz wieder auf, bringe auch das Fohlen auf und in Gang, und ich reite auf ihm gemächlich zum Tor hinaus und die Straße entlang, alles geht gut, ich empfinde zum ersten Male das große Lustgefühl, auf einem Pferderücken zu sitzen und die Welt von einem anderen Standpunkt her zu betrachten. Das Fohlen aber wird rascher und rascher, je näher wir der Gastwirtschaft und seinem Stall kommen, und zuletzt fängt es an zu galoppieren, zu bocken und wirft mich ab. All das wäre nicht schlimm gewesen, und ich hätte es gewiß nicht verraten, aber ich werde gesehen, Gäste haben aus der Schankstube heraus gesehen, wie mich das Fohlen abwirft. Der Stiefgroßvater kommt herausgerannt, fängt das Fohlen ab, bringt es in den Stall, stellt fest, daß es Kolik hat und daß es mich so brav bis zur Gastwirtschaft brachte, weil es Schmerzen hatte. Mein erstes Reitermißgeschick bringt mir Lob und Tadel ein. Lob, weil ich das Pferd nach Hause brachte, damit es der Großvater kurieren konnte, Tadel, weil ich als Reiter nicht mehr mit ihm fertig wurde. Großvater vermutete ganz richtig, daß ich es wieder versuchen würde, das Fohlen wurde mir nicht mehr anvertraut. Ich sah es aus der Ferne aufwachsen, guckte traurig aus dem Fenster, wenn es Frieda, die Magd, zum Weiden in den Garten brachte.

So war die Kindheit. Eine Weile.

Auf der Suche

Wenn ich mich frage, wann ich das Glück des Lebens unvermischt mit Ängsten und Pflichten genoß, find ich, es war die Zeit zwischen meinem dritten und fünften Lebensjahr. Der Krieg, der zu jener Zeit *draußen* tobte, hatte für mich nur insofern Bedeutung, als daß der Vater nicht da war, aber den Vater kannten wir mehr oder weniger aus den Erzählungen der Mutter als aus eigenen Anschauungen und Erfahrungen; und je nach Gehalt ihrer Erzählungen hätte uns die Mutter einen guten oder einen schlechten Vater ins Leben zaubern können.

Ich begriff schon dies und das und war somit der Vertraute der Mutter; denn meine Schwester war ein Jahr jünger als ich.

Ich spürte damals nicht, daß das Brot schlecht und knapp war, denn ich kannte keine Vergleichsmöglichkeiten, und wenn die Marmelade, die mir die alte Bäckerin in den Topf kleckte, nach Gärung roch, so war das eben der Geruch von Marmelade; denn ich wußte nicht, wie gute Marmelade zu duften hatte.

Es fehlte mir kein Weißbrot; denn ich wußte

nicht, daß es so etwas gab. Die zerlassene Margarine hieß *Braune Butter*, und die Mutter schmierte sie uns auf den Hals, wenn wir Mandelentzündung hatten, und zuletzt band sie uns mit einem Tuch Watte um den margarinierten Hals, und den Rest der Braunbutter erhielten wir mit ein wenig Zucker auf einem Teelöffel aus dem Tiegel zum Schlucken. Und wir hatten gern Mandelentzündung der *Braunen Butter* wegen.

Die Schneiderstube der Mutter war warm; denn wir saßen nicht still und hatten zu tun. Was wir zu tun hatten, war immer neu; denn wir entdeckten die Welt und ihre Gesetze. Wir wußten nicht, woher die Mutter Holz und Kohle nahm, den Eisenofen einigermaßen warm zu halten, aber wir freuten uns, daß der Ofen zischte, wenn wir gegen seine Metallwände spuckten, obwohl uns das verboten war.

Die kleine Nebenstube muß sehr dunkel gewesen sein. Es stand eine große Linde vor ihrem Fenster. Wenn wir da drinnen erwacht waren, kam die Mutter mit einem tönernen Suppentopf und zwei Tassen versehen. Sie goß die warme Suppe in die Tassen, und wir tranken eine Tasse und noch eine Tasse leer. Die Suppe war warm, und sie füllte unsere Mägen, und wir riefen: Suppe! Suppe! Die Suppe war grau und sicher war sie auch fad; denn sie war aus dunklem Kriegsmehl, das mit Kleie und Holzmehl versetzt war. Aber wir kannten keine andere Suppe als diese. Es gab nichts, was unser Glück schmälerte; keine weiteren Wünsche, wenn unsere Mägen gefüllt waren. Wir gingen an unsere Arbeit – die Entdeckung der Welt. Daraus ergab sich Glück genug, und es war in Tagen nicht zu verbrauchen, und am Abend wollten wir nicht ins Bett, weil immer noch nicht genug entdeckt war, oder weil wir soeben entdeckt hatten, daß man Lumpen und Fusseln, die in der Schneiderstube umherlagen, in Fäden zerlegen konnte. Wir fertigten kleine Berge aus Fusselfäden an und waren überzeugt, daß die Welt nur auf unsere Fädchenberge gewartet hatte.

Wo ich mich auch hineindenke in diese zwei, drei Jahre früher Kindheit – sie waren angefüllt mit vollkommenem Glück; denn wir waren voll Vertrauen in die Welt wie junge Tiere, die noch im Schutze des Mutterleibes umherspielen.

Manchmal, kurz vor dem Einschlafen, erhasche ich einen Augenblick der Schwerelosigkeit jener Zeit des reinsten Glücks. Manchmal, wenn die geliebte Frau vor dem Einschlafen noch ein Weilchen plaudernd am Fußende meines Bettes sitzt, erhasch ich einen Zipfel jenes paradiesischen Zustands, und zuweilen bleibt vor dem Einschlafen noch Zeit, mir vorzunehmen, diesen Zustand der Schwerelosigkeit auf Stunden und Tage meines jetzigen Lebens auszudehnen, doch wenn der neue Tag kommt, ist der Weg in jenes Land schwer, ach, so schwer zu finden …

Frostnacht

Die Hufschläge sind hart. Die Stute stolziert wie auf einem Tablett. Das Fohlen galoppiert: Kalippa, kalippa. Vier Flegel dreschen auf kalter Tenne.

Über die Landstraße rumpeln Lastwagen. Sowjetische Soldaten singen. Der Frost zauberte ihnen die Heimat her. Das Heimweh zerrt.

Im Wald – alles still. Der See friert zu. Wildschweine ziehen brechend vorbei. Die Sterne flimmern grünlich und kalt. Meine Füße erstarren. Ich sitze ab und stolpere mich warm. Der Mensch ist kein Baum. Er wehrt sich gegen die Fröste.

Freundschaft

Das Frühlicht stößt hinterm Wald hervor. Das Fohlen geht im Hofe umher. Ich gehe zum Holzplatz, ich geh in den Garten. Das Fohlen stellt sich mir in den Weg, Es will gekrault sein. Ich kraule es; es trabt zu den Stangenkohlstrünken und frißt dort. Ich hole Obst aus dem Garten. Am Morgen verknoten sich unsere Wege. Tag für Tag wird der Knoten der Freundschaft fester – am Morgen, beim ersten Tagesschimmer.

Die Geburt

Es war morgens, eine halbe Stunde vor drei Uhr, da ich die Stute unter meinem Lager gegen die Stallwände schlagen hörte. Am Abend hatte ich ihr Euter geprüft, und es waren Harztropfen an den Strichen gewesen. Das Fohlen war nicht mehr weit.

Als ich in die Box kam, lag die Stute und hatte die Augen geschlossen. Sie lag ganz ruhig und hatte den Atem angehalten, so daß ich für einen Augenblick glaubte, sie sei verendet. Aber dann sah ich, daß die Vorderbeine des Fohlens schon aus der Scheide ragten. Sie schimmerten graubraun durch die Fruchthaut.

Als ich die Stute anredete, blinzelte sie, stöhnte und preßte, und das Fohlen schob sich weiter aus der Scheide, und ich konnte seinen Kopf erkennen. Es bläkte die Zunge ein wenig heraus, aber alles war undeutlich wie die Sicht auf etwas, was hinter dickem Zellophan liegt. Das Fohlen wirkte leblos und wie verwest.

Ich setzte mich zur Stute, doch ich konnte nicht erkennen, ob es ihr mißfiel. Sie stöhnte und preßte wieder, hatte die Augen geschlossen, und die

Augenränder waren feucht wie bei still weinenden Menschen. Jedesmal, wenn die Stute preßte, wurde mehr vom Fohlen sichtbar, und nun war es dem Mutterleibe bis zu den Sprunggelenken entronnen.

Es ging eine Weile nicht weiter, denn die Sprunggelenke des Fohlens bildeten einen spitzen Winkel. Das Vorderteil des Fohlens lag an der Wand und hatte keinen Platz, weiter herauszuschlüpfen.

Ich überlegte, ob ich eingreifen und helfen sollte. Aber da bewegte sich das Fohlen wie eine fertige Kaulquappe im Ei-Gallert und die Fruchthaut riß. Die Schulter des Fohlens leuchtete in voller Fuchsfarbe heraus, und es war, als ob man unter die Papierecke eines Abziehbildes schaute.

Ich packte das Fohlen und zog es von der Wand und befreite seinen Kopf von der Fruchthaut. Das Fohlen bohrte sein kleines Maul in die Sägespäne, und ich fürchtete einen Augenblick, daß es ersticken könnte. Aber dann erkannte ich, wie gut das Leben vorsorgt: Noch war das Fohlen nicht auf die Nasenatmung angewiesen, weil es noch an der Nabelschnur hing und die Mutter für es mitatmete.

Endlich war das Fohlen ganz heraus und arbeitete sich in Minutenabständen aus der Fruchthaut, schließlich riß die Nabelschnur, und sie riß sach-

und fachgerecht wenige Zentimeter vor dem Leibe des Fohlens.

Ein selbständiges Wesen mit eigenen Bedürfnissen lag da, ein Wesen mit einem eigenen Schicksal. Ein Riß – aus einer gemeinsamen Welt entstanden zwei verschiedene Welten, und ein neues Wesen ging auf die Lebensreise, um seine Erfahrungen zu machen.

Die Jagd

Da waren die großen Jagdfeste. Rehe, Hasen, Kaninchen und Fasane wurden geschossen, und die hatten sich auch auf den kleinen Feldstücken unserer Väter gemästet. Trari, trara, die frohe Jagd des Gutsherrn und seiner Kumpane, der Tuchfabrikanten aus der Kreisstadt. Wir, in Holzpantoffeln und dreißigmal gestopften Strümpfen, sollten die Treiber sein und den *Herren* die Hasen vor die Flinten treiben.

An solchen Jagdtagen fiel die Schule aus; denn der Lehrer half mit seiner Starenflinte die *freiherrliche* Hasenstrecke vermehren und durfte an der *herrschaftlichen* Jägertafel essen.

Wer nicht mit zum Treiben durfte, mußte in die Schule gehen. Er bekam seine Aufgaben von Frau Lehrer. Er hatte Gesangbuchverse zu lernen. Da saß man und starrte den einzigen Schmuck der Schulstube, das Hindenburgbild, an. In der Feldmark und in den Wäldern knallte und schallte es.

Welche Abwechslung der kleine Hase, der der Jagd entrann und unter die Johannisbeersträucher des Lehrers schlüpfte! Sein hüpfendes Herz beruhigte sich in der Jungenmütze unterm Pult der Schulbank.

Auf Mittag kam Frau Lehrer und hörte ab, was man während der *Herrenjagd* gelernt hatte: Befiehl du deine Wege und was dein Herze kränkt …

Bei den Waldarbeitern

Es war in den Tagen zwischen Winter und Frühling. Als ich in den Wald kam, flackerte dort das Frühstücksfeuer der Waldarbeiter, und ich setzte mich zu ihnen auf den Baum, den sie soeben gefällt hatten. Sie aßen ihr Brot und tranken den am Feuer gewärmten Kaffee, und mit eins verfitzten wir uns in einen Streit um die Freiheit. Es wurde laut, und ein Häher fühlte sich angeregt, uns mit seinem Gekrächze zu verhöhnen, doch ein grüner Specht klopfte besänftigend wie ein Versammlungsleiter auf die Tischplatte.

Soviel wir auch stritten, Albin, der Großvater mit den jungen Augen unterm verharzten Hut, äußerte sich nicht. Wir aber schrien uns an um die Freiheit; die Freiheit hie und die Freiheit da, und die Frühstückszeit ging mit Streiten herum, und Albin stand auf und packte die Motorsäge: Ihr krakeelt um die Freiheit. Ist das nicht Freiheit? Wer zwingt euch zu rauchen, wer zwingt auch zu saufen, wer zwingt euch giftigen Kaffee ins Maul? Wer zwingt euch zu hungern, zum Überfressen, wer zwingt euch, nervös aufeinander zu schrein? Wer zwingt euch zur

Faulheit, zum Neid und zum Zank. Niemand zwingt euch um Schandlohn zur Arbeit, niemand zwingt euch zur Hartherzigkeit. Niemand zwingt euch zum Stumpfsinn, zur Roheit, niemand zwingt euch zu lernen, obwohl ich das gut fänd. Es kommt eine Menge Freiheit zusammen.

Seitdem ist Albin für mich ein Mann, vor dem ich die Mütze zöge, wenn ers nicht lächerlich fände.

Die Randfichte

Am Rande einer Schonung aus siebzehnjährigen Kiefern stand eine Fichte, und auch die war siebzehn Jahre alt, doch im letzten Jahr war ihr Mitteltrieb krummgewachsen. Sie stand abseits, hatte mehr Erde und Nahrung für sich als die Kiefern und war der Schonung entwachsen. Jetzt aber prallten die Winde auf sie, bevor sie über die Schonung hinfuhren. Ich saß ab und sah am Stamm der Fichte, daß ihr sieben Jahre zurück das Gleiche widerfahren war. Auch hinter dem zehnten Astquirl war ihr Stamm gekrümmt. Auch damals hatte sie sich über die Kiefern erhoben und war schließlich wieder in die Kieferngemeinschaft zurückgebuckelt.

Vorfrühling

Noch pfeffert die Nacht die Luft mit Frost,
Und in den Tapfen der Rehe ist Blut,
Doch am Mittag schüttelt die Sonne
Sich den Wolkenstaub vom Gefieder,
Breitet die wärmenden Gluckenflügel
Über der starren Erde aus.
Ein Warmhauch weht
Und der Schnee wird häutig,
Glänzt wie im Ofen geflämmter Zucker.
Heimlich zerrinnt er unter dem Harsche.
Tauwässer klingeln und sammeln sich weglangs.
Wildenten rufen einander am Bach.
Ein Meishahn singt schüchtern.
Die Hengste raufen.
Die Brotfliege summt auf dem Bodenspeicher,
Brummelt und rummelt am Sonnenfenster.
Die Stare sind noch nicht hergeflogen,
Aber am Dachfirst schnäbeln die Tauben.
Oh, wie sollte ich ohnangewidert
Es ertragen, dieses Erdenschauspiel –
Nun schon mehr als zum fünfzigsten Male,
Ohne mich selber drin zu erneuren?

Zwei alte Bauern worfeln das Sommergetreide,
Der eine summt und der andre pfeift leis.
Könnten sie's ohnangewidert ertragen,
Dieses Vorfrühlings-Schauspiel der Erde,
Nun schon die fünfzig, die sechzig Jahre,
Wenn sie sich drinnen nicht selber erneuten?

Verzögerter Frühling

Nur einmal gabs Schnee diesen Winter, nur einmal für wenige Tage. Dafür wurde der Vorfrühling lang, aber quälend.

Viele Zugvögel kamen zu früh, und die Baum- und Strauchknospen sprengten ihre Deckel zu zeitig. Nachtfröste dämmten die Voreiligkeit, und im April strömte Polarluft heran. Das Gras, das schon zu grünen begonnen hatte, stand still und schien in die Eisluft zu lauschen. Säfte und Mineralien waren unter der Erdhaut aufmarschiert, aber auf dem Rasen lag eine glitzernde Reifhaut, und die Tiere, die den Duft ersten Grüns schon errochen hatten und unruhig geworden waren, fielen in die Stalldumpfheit zurück.

Nur am Menschen konnte man die kaum noch gewürdigte Unabhängigkeit von Witterungsumschlägen wahrnehmen: Er warf Brennstoff in den Ofen, einen seiner frühesten chemischen Apparate, und zweifelte keinen Augenblick am Durchbruch des Frühlings.

Die weinenden Bäume

Die Bäume ächzten unter der Last des frischen Märzenschnees. Sie klagten, als sie die Sonne sahen: Wie überheblich du hingehst und gleißest und glänzt!

Es tropfte wie Tränen aus ihren Ästen.

Die Sonne lachte, strahlte und strahlte.

Seht doch die Hoffart! seufzten die Bäume und waren verstrickt in Kummer und Haß und nahmen nicht wahr, wie die leidige Schneelast Tropfen um Tropfen von ihnen wich.

Kleinstadtfrühling

Das Tauwasser rinnt durch die Straßen.
Brackwasser, gilben und blasig.
Durchsetzt mit Kleinstädter-Wintergedanken.
Getrübt von heimlichen Wintersündchen.
Hochwasser-Bereitschaft.
Vier Volkspolizisten bewachen das rinnende Wasser.
Die Stadt steht lange.
Hochwasser hat es dort nie gegeben.
Auch dieses Jahr wird es keines geben.
Alarm ist Alarm und sicher ist sicher!
Die Kleinstädter reden von Möglichkeiten.
Sie drängen hinaus in die milde Luft.
Sie engen bepfützte Bürgersteige.
Sie nutzen die Stimmung.
Sie ergehn sich in Möglichkeiten.

Stadtfrühling

Neben dem Kinderspielplatz ragt eine kahle Wand auf. Es ist die fensterlose Seitenwand eines Fünfstockhauses. Auf ihrem Rand sitzt ein Amselhahn, der singt eine verwilderte Taube an, singt und singt. Und er balzt und reckt seinen Schwanz und steht gegen den leisblauen Himmel wie ein großes V, das vor lauter Frühlingsdrang einem Folianten entflog.

Eine mésalliance! sagt jemand auf meinem Nachbarbalkon, während unten im Kies des Kinderspielplatzes ein Dickerlein seine Schwester anstößt: Siehst du die Vogelin da, und siehst du den Jungen, den ungezognen?

Aus vergangener Zeit

Hier gab es noch nie eine *Schriftstellerlesung*, kommen Sie, bitte! schrieb die Bibliothekarin.

Ich wollte den Roman vor künftigen Lesern erproben und fuhr in die kleine Stadt in der Börde. Es kamen viele Leute, und einige wollten den Ponyzüchter, und einige wollten mal einen Schriftsteller sehen, und einige wollten *sich erheben* lassen.

Und die Männer trugen Schlipse, und die Frauen trugen schöne Kleider, und die Stadtbibliothekarin hatte ihren blonden Zopf über die Schulter gelegt, und der Zopf fiel über die linke Brust wie ein Wässerlein über den Stein, und das gefiel mir.

Ich las eine Weile, und ich las auch Stellen, die ich für humorvoll hielt, aber die Leute lachten nicht, sie schmunzelten kaum, obwohl ich mich abmühte und gut artikulierte wie ein Wanderprediger.

Und dann las ich eine besonders humorvolle Stelle, über die kürzlich bereits ein Minister gelacht hatte, und die Leute lachten immer noch nicht, und ich sah vor Verzweiflung und zum Trost dorthin, wo das *Zopfwässerlein* der Bibliothekarin über den *Stein* rann, und ich sah, daß dieses *Wässerlein* zu hüpfen begann, und das kam, weil die Bibliothekarin innerlich lachte, und sie sah dabei zu einem jungen Mann hin, der nicht lachte, auch nicht zuhörte, wie mir schien, der nur *da* war.

In der Pause kam dieser Mann zu mir, und es war wirklich ein junger Mann, und er sagte: Du entschuldigst, wenn ich dein Referat nicht bis zu Ende anhöre; man hat Termine und Wichtiges um den Kopf, wenn man Kultur macht …

Und ich entschuldigte, und ich konnte verstehn, daß er seinen *kulturellen Aufgaben* nachgehen mußte, und da ich ihn bisher nicht wiedersah, nehme ich an, daß er ihnen immer noch *nachgeht.*

Tbc-frei

Die Frauen werden durchleuchtet. Die Männer werden durchleuchtet. Die Männer werden am Abend durchleuchtet. Sie werden in der Schenke durchleuchtet. Sie müssen warten. Niemand wartet so gern wie die Dorfmänner, wenn das Warten in der Schenke stattfindet. Der Sommertag war heiß. Der Durst ist groß. Der dicke Rettig mit dem *flachen Herzen* wird durchleuchtet. Sein Bauch ist so dick. Er darf keine Anstrengungen haben. Seine Frau muß ihm die Schuhbänder binden. Er ist tbc-frei.

Herbert, der Invalide mit dem Plattfuß, wird durchleuchtet. Er ist tbc-frei.

Hartmann, der Verstands-Invalide, wird durchleuchtet. Er ist tbc-frei.

Alle drei trinken eins und immer noch eins, weil sie tbc-frei sind.

Spät in der Nacht marschieren sie singend heim. *Die blauen Dragoner, sie reiten ...* und *Wenn wir fahren, wenn wir fahren, wenn wir fahren gegen Engelland ...*

Sie sind tbc-frei, aber sie sind nicht keimfrei, die drei Invaliden.

Die Redakteure

Es waren einmal drei Redakteure. Die Sonne schien blank und die Wiesen glänzten, dann zogen schwarze Wolken herauf; es fiel ein Regen und schließlich schien wieder die Sonne, da kamen sie mal, die drei Redakteure. Wie herrlich, die Welt bei euch hier draußen!

Sie tranken Wodka und rannten spazieren, sie blickten in unsere Ponykoppel. Was kleine Pferde! Wie alt sind denn die?

Wir gaben Bescheid: Fünf, auch zehn Jahre.

Wie das? So alt schon und noch so klein?

Sie kämmten ihr Haar und lobten den Wind. Sie schüttelten Sand aus den flachen Schuhn. Sie blässelten und begannen zu frieren. Ein Wetter, ein Wetter! Wirds denn schon Herbst?

Sie gingen ins Haus und tranken Kaffee. Sie sprachen über die Schwierigkeiten, heutzutage eine Zeitung zu machen. Da lebten sie auf, die drei Redakteure! Da wurden sie munter und sahn aus dem Fenster, sahn auf den Wald und sahn auf die Wiesen, sahn auf die Wege im Wechselwetter. Herrliche Aussicht! Hier könnte man schaffen!

Es waren einmal drei Redakteure, dreie von vielen, sie warn nicht die Regel und kamen von weither und warn nicht von hier.

Dorfspuk

Kümmert euch um das Dorf! stand geschrieben.
Der Kreisbibliothekar beginnt sich zu kümmern:
Eröffnung der Woche des Buches am Land.
Lorbeerbäume werden ins Dorf transportiert.
Vor dem Kulturhaus döst eine Autoherde.
Bücher auf festlich gedeckten Tischen.
Es riecht nach Bescherung.
Der Saal ist mit Bibliothekaren gefüllt.
Die Feier beginnt um vierzehn Uhr dreißig.
Der Kreisbibliothekar eröffnet begrüßend;
Begrüßt Bezirks- und Kreisfunktionäre;
Danach die Dichter und schließlich die Bauern.
Die Bauern sind in den Zuckerrüben.
Erntet verlustlos! stand in der Zeitung.
Ein Abgeordneter hält eine Rede:
Zahlen von Büchern, Zahlen von Lesern.
Jeder Vierte ein Leser im Ort;
Deshalb feiert man hier – als Belohnung!
Die Leser sind in den Zuckerrüben.
Ein Streichquartett spielt.
Auszeichnungen werden verliehen.
Blumensträuße und Leistungsprämien.

Eine Dichterin liest.
Mut heißt die Erzählung.
Dorfjungen werfen Feuerwerkskörper.
Jemand geht sie empört vertreiben.
Ein Dichter liest.
Es knallt hinterm Bühnenhaus.
Die Dichter erhalten Blumengebinde.
Das Streichquartett spielt noch schnell eins
herunter.
Der Kreisbibliothekar tritt wieder ans Pult:
Die Feierstunde ist hiemit geschlossen!
Die Lorbeerbäume werden verladen.
Die Bücher werden sorgsam verpackt.
Tischtücher werden zusammengefaltet.
Die Autoherde zerstreut sich zügig.
Still liegt der Dorfplatz vor dem Kulturhaus.
Es dunkelt bereits, da kommen Traktoren;
Auf ihren Hängern sitzen die Bauern,
Lehmig vom Ernten der Zuckerrüben.
Mittwoch wird es im Kreisblatt stehn,
Wie und wo man sie sonntags ehrte.

Das ewige Trauerspiel

Der Kater Pitt wurde neun Jahre alt. Ein ansehnliches Katzenalter. Neun Jahre Freßerfahrungen: Man muß nicht auf Hühnerfleisch warten, bis die Frau ein Huhn kocht. Man muß nicht auf Taubenknochen warten, die vom Eßtisch der Menschen fallen. Pitt drang in Küchen und Keller, fraß Schmalztöpfe leer und holte sich Fleisch aus kochender Brühe vom Herd. Er lauerte im Gras an der Hausecke. Die Tauben gingen hernieder und pickten. Der Kater sprang zu, und er schlug die Tauben. Sein Maß war voll.

Keiner von uns wollte Meister Emil den Auftrag zur Katzen-Hinrichtung geben. Ich ersann eine List: Wenn der Kater eines Tages nicht wiederkäme …, sagte ich beiläufig zu Meister Emil.

Meister Emil steckte den Kater in einen Sack. Er ertränkte ihn in der Regenwasser-Tonne.

Ich kam heim. Meine Frau ging mir klagend entgegen. Du hast den Auftrag gegeben … Sie weint. Ich zerbeiß meine aufsteigenden Tränen. Ich mache *in Mann.* Aber das Abendbrot schmeckt mir nicht. Um die Abendbrotzeit saß der Kater sonst am Fensterbrett. Er zählte uns die Bissen in die Münder.

Wir ließen ihn ein. Er bekam von unserer Abendmahlzeit.

In der Nacht wachte ich mehrmals auf. Einmal vom Katzenkreischen. Ein fremder Kater war bei unseren Katzen. Für mich und in meinem Halbschlaf hatte der Kater Pitt geschrien. Er hatte mich angeklagt. Immer wieder sah ich seinen grausigen Sack-Wasser-Tod. Das ewige Trauerspiel: Der Mensch findet sich vom Verhalten der Katzen befremdet. Die Katzen finden sich vom Verhalten der Menschen befremdet. Aber immer wieder gehen sie aufeinander zu.

Fragebogen für Besucher

Kannst du dich mit dir selber befassen?
Muß man dir Sehenswürdigkeiten zeigen?
Willst du Gespräche zur Unterhaltung?
Ißt du notwendig und nebenbei?
Muß man dir die Landschaft erklären?
Bringst du was mit, oder kommst du nur holen?

Der Dornstrauch

Viele Pflanzen waren schon erfroren. Die Blätter der harten Wegdisteln hingen wie grüne Läppchen am Stamm; im Hochwald aber stieß ich auf einen Dornstrauch, den hatten die großen Bäume beschützt. Er stand dort wie eine kleine Kuppel, eine Kuppel mit grünen Blättern beziegelt.

Ich zeigte meinen Söhnen den Dornstrauch. Sie fanden, er säh einer Krone ähnlich, und sie nannten den Dornstrauch – *Krone der Hoffnung.*

Spaziergang

Wenn ein Vater in der Stadt mit seinem kleinen Sohn spazierengeht, führt er ihn bei der Hand. Mein fünfjähriger Sohn Matti tollt ohne meine Hand durch die Wälder. Unsere gemeinsamen Spaziergänge sind lang, denn wir sind Forscher. Wir reiten. Mattis Beine sind noch zu kurz, den Leib des Scheckenwallachs Micha zu umklammern. Er fällt, wenn Micha einen unvorhergesehenen Sprung macht. Deshalb führ ich, auf meiner Stute sitzend, Micha mit seinem Reiter Matti an der Longe mit. Also führ ich Matti doch bei der Hand. Es ist nur ein Stück Leine zwischen uns beiden.

Am Reiherhorst lassen wir unsere Pferde unter den hohen Kiefern grasen. Oben in den Kiefernkronen sind die Nester der Reiher. Baum an Baum und Nestzeile an Nestzeile. Die Reiher fliegen wie Riesenbienen am Blauhimmel hin und her. Die einen fliegen nach Futter, die anderen kommen mit Futter.

Sie füttern die Jungen. Sobald ein Altreiher über seinem Nest erscheint, rufen die Jungen: Tschert, tschert, tschert! Die Altreiher aber stoßen heisere

Warnschreie aus: Tescherapp, tscherapp, dort unten sind Menschen und Pferde, ihr Dummköpfe. Sie fliegen wieder ab. Die Jungen ducken sich ins Nest. Nach einer Weile aber kommen die Reiher wieder. Wir legen uns lang ins Waldgras, die Köpfe unter kleinen Kiefern versteckt. Die Altreiher sehen nur die Pferde. Sie umkreisen den Nestbaum mehrmals. Das Hungergeschrei der Jungen wird heiserer und trauriger. Schließlich entschließen sich die Altreiher, den Jungen ihr Futter zu geben; ganz gleich, welche Gefahr sie von uns erwartet. Sie verrenken ihre Leiber, lassen die Beine verwinkelt nach unten kippen. Sie baumen am Wipfel auf, flattern noch eine Weile mit den Flügeln, bis sie auf dem schwankenden Zweig ihr Gleichgewicht für die Fütterung hergestellt haben. Alles das sehe ich und notier es im Kopfe. Vielleicht brauche ich es einmal für eine Erzählung, in der Reiher vorkommen.

Auch mein Sohn Matti sieht das alles.

Vater, siehst du die Solotänzer? ruft er unter seiner kleinen Kiefer hervor.

Holunderschatten

Die Pferdekoppel hinter dem Stall lag sommers in der prallen Sonne. Wir umpflanzten sie mit Stauden des Topinambur. Sie werden höher als mannshoch und spenden Schatten, aber kaum hatten die Pflanzen einige Blätter getrieben, da steckten die Pferde ihre Köpfe zwischen den Koppelstangen hindurch und fraßen sie ab. Wir versuchten es mit einer Weißdornhecke und rechneten mit der Abwehrkraft ihrer Stacheln. Auch sie wurde von den Pferden gestutzt.

Wir entdeckten, daß Pferde Holunder nicht mögen. Im Herbst schleppten wir von überallher Holundersetzlinge heran. Sie wuchsen ein. Die Pferde ließen sie weiterwachsen. Drei Jahre – und wir hatten erreicht, was wir wollten.

Den Schildbürgern gelangs nicht, Licht in ihr fensterloses Rathaus zu schleppen, aber wir schleppten Schatten in unseren Hof. Solche Kerle sind wir, sagte mein Sohn Matthes.

Herzleid

Der Morgen ist still und eng. Wie eine große Glucke hockt der Nebel über der Erde. Ich drehe den Startschlüssel herum. Ein rotes Lämpchen flammt auf. Das Auto wird lebendig. Sein Stahlherz klopft.

Wir fahren zum Bahnhof. Der kleine Sohn hat Herzweh. Er soll in die Stadt. Die Schule beginnt. Die Mutter hat Herzweh. Ein neues Kind wächst ihr zu. Auch das wird in die Welt gehen. Das alte unvernünftige Schmerzlied! Wär ohne Trennung, was ist?

Das Lied des Dichters erhebt sich. Wie ein Zugvogel sieht es getrennte Stätten, von Straßen und Flüssen verbunden.

Ein Hase springt aus frostgrauem Gras. Er fürchtet die glühenden Augen des Autos. Der kleine Sohn sieht dem springenden Hasen nach. Eine Weile vergißt er sein Herzweh.

Jedes Geschöpf hat sein Weh.

Die Chefmütze

Ich hole die Pferde von der Weide und lass Matthes auf der Araberstute Rawanah reiten. Nach einer Weile beginnt er mit *Reiterkunststücken*, er hebt die Hände auf, und er verschränkt sie vor der Brust und schließlich verschränkt er sie auch auf dem Rücken, und da ich seine *Reiterkunststücke* nicht beachte, sagt er: Jeder wird sagen, daß ich ein kluger Mensch bin.

Dann faßt er wieder in die Pferdemähne und betrachtet die *vorbeiziehenden* Bäume und sagt: Wenn ich eine Birke wäre, würde ich mich jeden Tag vermehren.

Eine vom Vater abgelegte Maurermütze, die einmal weiß war, ist Matthes' *Chefmütze.* Er geht mit ihr zuweilen ins Bett. Bevor er einschläft, setzt er sie ab, doch beim Schlafen liegt sie auf dem Deckbett unter seiner Hand.

Die Ferien von Ilja und Erwin gehn zu Ende. Sie müssen zur Großmutter in die Kreisstadt, weil sie dort zu Schule gehn. Matthes will auf keinen Fall in die Stadt: Ich kann nicht in die Stadt. Ich muß mich hier um die Pferde kümmern!

Das Kreuz

Wir sind unterwegs, und wir halten in einer kleinen Stadt, und die Mutter geht etwas zum Frühstück einkaufen, mein Sohn Matthes und ich warten, und links von uns steht eine Kirche. Es ist keine schöne, es ist sogar eine häßlich Kirche, in den Gründerjahren aus grauen Backsteinen erbaut, und man könnte denken, es sei ein Feuerwehrhaus mit einem Schlauchturm. Ja, was ist das für ein Gebäude? frage ich Matthes.

Eine Kirche.

Woran siehst du das?

Am Kreuz auf dem Turm.

Was hat ein Kreuz mit der Kirche zu tun?

Das sag ich dir lieber nicht, sonst schreibst du es wieder auf.

Ach, sag es mir doch!

Die Kirche hat ein Kreuz, weil sie es mit den Toten zu tun hat.

Und was haben die Toten mit einem Kreuz zu tun?

Na, das menschliche Kreuz – oder nicht?

So, so! sage ich und gebe mich zufrieden.

Ja, ja, sagt Matthes, wenn man über alles genügend nachdenkt, kriegt man eine Menge heraus.

Und wer sagt das?

Eine schöne Frau, sagt Matthes, unsere Mutter.

Matthes' Rückkehr

Mein Sohn Matthes hatte ein paar Wochen bei der Großmutter in der Kleinstadt verbracht, und er hatte nicht dorthin gewollt; denn dort gibt es keine Pferde und keine Hunde, und unter den Bäumen wächst kein Gras.

Was ich durchgemacht habe, sagt Matthes, ein Zaunkönig tot auf dem Wall, eine Krähe tot auf der Gasse und eine Frau hat die Berliner Seuche.

Na, ist man gut, daß du wieder da bist! sagen wir.

Wenn ich das schon höre, sagt Matthes, weshalb habt ihr mich erst weggebracht?

Die Waldrose

Windböen reiben in Bäumen, an Ecken.
Wolkenkehricht in Haufen am Himmel.
Ich sattle die weiße Stute und reite.
Verbrauchtes Laub bedeckt meine Wege.
Sprühregen fällt.
Gewimmel von Tröpfchen.
Graugrünes Moos kriecht die Kiefern hinan.
Es letzt sich, bläht sich, blüht auf im Regen.
Tropfende Schonung.
Surren von feuchten Flügeln.
Ein Specht fliegt lachend von Stamm zu Stamm.
Regentropfen blinken an Halmen.
Des Grases nasse Novemberblüten.
Die braune Haut des Heidkrautes glänzt.
Papiermanschetten flattern im Böwind
Warnendes Flattern:
Ein Bohrloch im Waldgrund.
Man bohrte nach Erdgas.
Die Erde soll ihr Inneres zeigen.
Der Wind weht stärker.
Der Regen setzt aus.
Die Sonne scheint milchern durch Wolkenfetzen.

Mein Schatten fällt auf den filzweichen Weg.
Ein Reiter, ein Pferd aus magerem Schatten.
Die Stute mißtraut ihm.
Ich spüre ihr Beben.
Spüre ihr Beben durch Woilach und Sattel.
Widerschein wolkiger Himmelsfetzen
Blinkt mir aus den Pfützen entgegen.
Moosiger Waldweg.
Das Pferd, es trabt.
Ich schwebe
Durch die Gassen aus Kiefern und Fichten.
Kniehohes Gras.
Tausend Tropfen zerschelln.
Die Sonne versinkt im Wolkengebrodel.
Moderduft am steingrauen See.
Bleichendes Schilf.
Zerbrochene Bäume.
Wieder Regen.
Wieder der Wind.
Dann wieder Sonne.
Der See blaut auf.
Bleßhühner ziehn.
Ihr Scheitelweiß leuchtet.
Wuchs hier nicht jene kletternde Rose?
Wars nicht an einem Hochsommertag?
Blühte sie nicht in der Kiefernkrone?

Wo ist sie hin, die klimmende Rose?
Zerbrochen im Sturm?
Vermodert im Grund?
Sprühregen fällt.
Windböen gehn.
Ich finde sie nicht,
Die strebende Rose.

Violetter Abend

Ich reite und hadere: Frauen haben mir Zeit gestohlen, ließen mich in der Stadt (im Auto) sitzen und warten, während sie langatmig einkauften.

Das war am Morgen. Jetzt am Abend breitet sich der Hader um die verlorene Zeit in mir aus wie eine graue Flüssigkeit. Waren es die Frauen, die mir die toten Viertelstunden bereiteten? War ich es nicht selber, der nicht auf der Höhe war, der diese Zeit nicht für Beobachtungen und Betrachtungen zu nutzen wußte?

Schon droht alles in mir zu ergrauen, da zeigt sich mir der verglimmende Tag mit einem Farbspiel verhaltenen Violetts über dem See. Sieh, es werden mir die Möglichkeiten eines novembrigen Violetts hingehalten! Der Himmel in einem von grauer Frostluft lasiertem Violett, die Spiegelung dieses Violetts im See, der es an einigen Stellen mit Glanz, an anderen Stellen mit dem Gekräusel seiner Schlummerwellen ausstattet, während seine Strömungen und Untiefen sich unangerührt von der Farbtändelei des Himmels zeigen.

Ein Heidhügel stellt seine Borsten auf. Die Schonkiefern auf ihm sind voll Unvermögen, mit ihrem kleinen Grün etwas Gültiges gegen den grau-violetten Himmel auszusagen. Die ragenden Samenkiefern auf dem Hügelrücken antworten schwarz und mit der gleichen Ungeneigtheit, sich auf das Abendspiel des Himmels einzulassen wie die Untiefen des Sees. Die Wand des Hochwaldes tut, als nähme sie das dargebotene Violett scherzhafterweise um wie ein Tuch, um mit Anstand aus dieser farbseligen Abendhalbstunde hervorzugehen.

Nur die heimkehrenden Krähen scheinen, erregt quarrend, die Bewunderung des Himmels und der Erde mit dem auf einem Pferderücken hockenden Menschen zu teilen.

Im Taubenschlag

Es herrschte Halbdämmer im Taubenschlag, obwohl es Mittag und Mai war, und drei von den brütenden Tauben hatten bei der Fütterung ihre Nester verlassen. Ein Taubenjunges, nackt mit schwarzen Federstoppeln, lag in einer Nestmulde mitten im Schlag. Ich wollte nachsehn, ob auch Junge in einem anderen Nest im Dunkel der Dachschräge lägen, und meine schlechter werdenden Augen starrten auf dieses Nest, doch ich nahm keine Bewegung junger Tauben drin wahr und tat einen Schritt auf die Schlagmitte zu. Jetzt sah ich etwas liegen, was einer Jungtaube ähnlich sah, doch ich konnte nicht erkennen, ob das, was da lag, lebte, und ich tat noch einen Schritt in den Taubenschlag hinein, und als ich mein Gewicht auf mein krankes Bein verlagerte, das beim Schritt voraus war, spürte ich das Weiche unter der Schuhsohle, und ich spürte durch die Sohle hindurch, wie dieses Weiche platzte, gleichwie eine große Pflaume platzt, auf die man ungewollt im hohen Grase getreten ist. Das Weiche aber war die junge Taube, die ich zuvor im Schlag hatte liegen gesehn, und als mir das und meine Unvorsichtigkeit bewußt wurde und als ich den Fuß hob, sah ich, wie der Jungtaube das Gedärm aus dem After quoll, und wie sie starb.

Was aber das Taubennest unter der dunklen Dachschräge betraf, so lag ein schwarz-weißer Kotballen drin, und um das zu erkennen, zertrat ich die junge Taube.

Den ganzen Tag wurde ich das Platzen des kleinen Hautsackes als Gefühl unter meiner Fußsohle nicht los, und es war tagelang da, wenn ich die Alttauben an meinem Fenster vorüberfliegen sah.

Ein neues Fenster

Frischer Schnee war gefallen, und noch kein Mensch hatte die breite Waldstraße betreten. Hirsche und Rehe, Hasen und wilde Schweine hatte sie überquert und waren wieder im sicheren und nahrungsreicheren Wald verschwunden.

Seit drei Tagen lauerten die Jungkiefern am schmalen Schneisenweg auf Wind oder andere Waldereignisse. Ihre Äste waren von der Schneelast gespannt wie Armbrustbögen. Das Waldereignis stieß an die Zweige, der Schnee fiel von den gespannten Astbögen, und die jungen Bäume schienen aufzuatmen. Ihre Zweige pendelten noch, als sich vor dem Reiter schon das plane Feld ausbreitete. Dort standen erfrorene Lupinenstengel im Schnee wie Kinderbleistiftgekritzel auf weißem Papier. Ein paar Häuser lagen wie die Salzlecken wilder Winde auf der großen Ebene. Eines von ihnen blickte mit einem neuen Fenster, das von rohem Zementputz wie von wildem Fleisch umrandet war, über die Felder.

Der Reiter sah zum neuen Fenster hin, und sein Hinsehen stieß auf das Heraussehn von Leuten. Sie werdens warm haben, da drinnen, dachte der Reiter. Muß er nicht frieren, da draußen? dachten die Leute drinnen. Ein leises Sichkümmern schwebte ums Haus. Das neue Fenster, es zahlte sich aus.

Auf dem Kahlschlag

Nirgendwo außer auf dem Meer hat man soviel Himmel über sich wie auf einem Kahlschlag mitten in den Wäldern. Unter mir – bei den Pferdehufen – stand das blühende Heidekraut im krümeligen Lila und am Himmel stand eine gefärbte Wolkenwand. Die großen Samenkiefern standen wie Pinsel, mit denen eine unsichtbare Hand den Himmel angestrichen hatte. Am Waldrand saßen Krähen und die untergehende Sonne färbte ihr Gefieder tropisch. Und die Krähen ließen sich nicht stören, als ich den Waldrand erreichte und unter ihren Schlafbäumen entlangritt. Es war, als genössen sie den theatralischen Sonnenuntergang wie ich.

Möglichkeiten.
Satz mit vier Wörtern

Er konnte nicht warten.
Konnte er nicht warten?
Warten konnte er nicht.
Er konnte, konnte nicht warten.
Er konnte nicht warten, warten.
Er konnte nicht und nicht warten.
Warten und warten konnte er nicht.
Er und Wartenkönnen?
Wartenkönnen? – Er nicht.

Es waren viele Blumen in den Wiesen.
Waren viele Blumen in den Wiesen?
Waren es viele Blumen in den Wiesen?
Viele Blumen in den Wiesen waren es.
Blumen in den Wiesen, viele waren es.
Viele in den Wiesen – Blumen waren es.
In den Wiesen – viele Blumen waren es.
Viele Blumen waren es? In den Wiesen?
In den Wiesen – viele Blumen waren es?
In den Wiesen – Blumen waren es, viele.
Blumen in den Wiesen? Waren es viele?

Waren es viele in den Wiesen? Blumen?
Blumen, viele waren es in den Wiesen.
Blumen? Viele waren es in den Wiesen?
Viele waren es – Blumen in den Wiesen.
Viele? Waren es Blumen in den Wiesen?
Waren es Blumen? Viele in den Wiesen?

Zeugung

In der Fabrik wurden Apparate hergestellt, die, elektrisch betrieben, in anderen Fabriken, von einem einzigen Menschen bedient, viele Wärter und Fütterer der Maschinen ersetzen.

Aber gerade diese Fabrik konnte nicht mit weniger als mit siebentausend Menschen auskommen. Die Menschen-Ersatz-Apparate mußten, obwohl sie nur Handgriffe von Menschen ersetzen, sehr individuell hergestellt werden.

Wieviel individuelle Arbeit von wievielen Menschen würde man brauchen, um einen normal funktionierenden Menschen herzustellen? Würde die Menschheit der Erde ausreichen, auf mechanischem Wege zu zeugen, was Vater und Mutter ohne Intelligenzverschleiß und technischen Aufwand in neun Monaten fertigen?

Die Waage

Vor der automatischen Personenwaage im Postamt von Neuruppin steht ein beleibter Sechzigjähriger, und sein feistes Säuglingsgesicht überzieht ein selbstzufriedenes Lächeln. Seinen Hut, sein Halstuch und seinen Wintermantel hat er auf eines der Schreibpulte gelegt, und nun sucht er nach einem Zehner in seiner Geldtasche. Er findet den Zehner, wird ernst und stellt sich auf die Waage. Seine Patschhand schiebt die Münze in den Zahlschlitz. Im Innern der Waage surren die Zahnräder, als würden sie das Geldstück zu Metallspänen verarbeiten. Hinter einem Plastefensterchen rotiert eine rot-weiße Blechscheibe. Der Dicke starrt auf diese Scheibe wie auf ein Glücksrad. Endlich steht die Scheibe still. Der Feiste lächelt, als käme durch die Scheibe aus dem Innern der Waage ein großes Wohltun über ihn. Noch beim Anziehen des Mantels betrachtet er immer wieder wohlwollend den Mechanismus der Waage hinter dem Fensterchen.

Vogelfutter

Rauchschwarze Sonnenblumensamen und goldblonde Weizenkörner rascheln in meiner Blechbüchse. Ich schütte sie in das Vogelhaus, und nach zwei Sekunden sind die Vögel da: Spatzen, Amseln, Finken und Meisen. Hören sie das Rascheln oder erriechen sie den Duft der Samen?

Die Getreidesamen sind kleine Brennstoff-Ampullen für die winzigen Flugzeuge. In ihrem Federhangar erhalten sich die kleinen Flieger die nötige Wärme, um allzeit startbereit zu sein.

Und wieviele Menschen sind nötig, ein Flugzeug winters zu starten? Und wie stolz ist der Mensch auf sich, daß ihm das schon gelingt!

Unwiderruflich

Eines Tages in der Jugend sitzt du und siehst für einen Augenblick wie durch ein eben gewachsenes, winziges Auge – vielleicht ein Loch, stecknadelstichgroß – im Herzen – in die Welt und heiliges Entsetzen packt dich. Wie ein Missetäter schaust du dich um: Hats jemand gesehn, daß du heimlich was sahst, was du nicht sehen durftest und was dich doch anzog wie etwa das *Doktorbuch* deiner Mutter, das sie, damit dus nicht fandst, im Wäschespind vor dir verbarg.

Und das Loch – nehmen wir an, dieses stecknadelstichgroße Loch im Herzen – versetzte sich wieder, nehmen wir an, mit dem Sand der Furcht.

Denn da war niemand, dem du was sagen und den du was fragen konntest, und der eine Mensch, der wirklich Seite an Seit mit dir geht – weiß man wie lange? –, der war noch weit draußen und vielleicht eine einzellige Alge auf den Teichen der Zukunft.

Und was sollte man sagen? Hatte man Worte dafür? Man hat sie noch jetzt so mühsam. Und wie geklagt: Wem sagen, wenn man die ungläubigen Lächeln schon auftauchen sah wie Masken, die aus Nacht ans erhellte Fenster treten.

Und man stand auf und ging seiner Wege nachdenklich, doch froh im Grunde, daß das, was man gesehen hatte in einer Art von Schwindeligkeit, überhaupt nur Schwindel, vielleicht – fast hoffentlich – war.

Der Weinstock im Hofe der Eltern war wieder der Weinstock, das Haus war ein Haus und nicht mehr hundert Kubikmeter gefangener, notdürftig abgedichteter Luftraum. Man war wieder der, der noch lernen mußte. Unbehobelt vom Leben, wie sie meinten, noch unberechtigt mitzureden in ihrer Sprache aus Groschenklappern.

Aber man vergaß es nicht, was man da einmal – nehmen wir an durch ein stecknadelstichgroßes Loch im Herzen – gesehen hatte.

Man vergaß es nicht, und wünschte sichs insgeheim wieder. (Nur einen Blick durch das Schlüsselloch in die Weihnachtsstube!) Man vergaß es nicht, und eines Tages, man war viel allein und vom Kummer so satt, überfressen, da wars wieder da – nehmen wir an, das stecknadelstichgroße Loch im Herzen. (Vielleicht war der Sand der Furcht zur Seite gerutscht, oder das Loch war gewachsen, war jetzt stecknadelkuppengroß?)

Wies auch war, die Einsicht (im Sinne des Worts) blieb zwei Tage.

Der Selbstbetrug

Sie hatte sich ein Karrband um die Schulter und um die Brust gelegt, eine grobe Schärpe, mit der sie einen großen Handwagen, einen Hundewagen, zog. An die linke Deichselseite war ein Hund gespannt. Der hellgelbe Kettenhund zerrte mit heraushängender Zunge; er hatte es eilig, aufs Feld und aus dem Geschirr zu kommen, um nach Hasen und Mäusen jagen zu können. Die Frau lehnte sich zurück und bremste den Eifer des Hundes mit der Deichsel ab. Sie wollte den Mann betrachten, der vor dem Dorfgasthaus aus einem modernen Auto stieg.

Der Mann, der aus dem Auto stieg, erkannte die Frau und entsann sich ihres Namens: Grete Nothnick. Sie war ein paar Jahre älter als er, doch sie schien alterlos zu sein, denn ihr Haar war in der Kindheit hellblond gewesen, und jetzt mochte es grau sein, aber auf die Entfernung sah es immer noch aus wie hellblond.

Der Mann hatte ein gutes Gedächtnis für Menschengesichter; schon in der Kindheit waren sie ihm wie Bücher gewesen, in denen er mit den Jahren besser und besser lesen gelernt hatte. Er erinnerte sich, daß vor Jahrzehnten die Mutter der Frau mit dem Hundewagen auf der Chaussee entlang gefahren war. Das Mädchen Grete hatte damals den Wagen von hinten geschoben, um ihrer Mutter und dem Hunde die Last zu erleichtern. Vielleicht ists noch derselbe Hundewagen, dachte er, und es war ihm, als ob die Zeit fünfzig Jahre still gestanden hätte.

Der Mann war in dem Dorfe zugekehrt, in dem er seine Kindheit bis zum siebenten Jahr verbracht hatte. Er war in der Zwischenzeit in fremden Ländern gewesen. Ein oder zwei Mal war er auch durch dieses Dorf gefahren, aber er hatte nicht angehalten, weil er glaubte, keine Zeit dazu zu haben, oder weil er fürchtete, sich die Verklärungen zu zerstören, mit denen seine Kindheit diesen Flecken Erde ausgestattet hatte.

Eine Weile später stand er vor den Kastanien auf dem Hofe der Schule. Hier war das Foto: *Zur Erinnerung an mein erstes Schuljahr* entstanden, das er noch besaß. Hier stehen sie also noch, diese Kastanien, dachte er, und ich gäbe was drum zu wissen, worauf sie die fünfzig Jahre warteten. Das dachte er auch, als er den großen Grasgarten mit den verkrüppelten Apfelbäumen und als er schließlich den Birnbaum im Hofe des Onkels sah, der nicht sonderlich höher geworden zu sein schien.

Nachts konnte der Mann lange nicht schlafen. Er dachte an die Eckchen und Fleckchen des Dorfes, die er im Laufe des Tages aufgesucht hatte, dachte an die Bäume und an einige Menschen, die er wiedergetroffen hatte. Sie schienen sich in fünfzig Jahren kaum verändert zu haben. Erst gegen Morgen erkannte er den Selbstbetrug, zu dem ihn seine Augen verführt hatten.

Die Blätter am Birnbaum im Hofe seines Onkels mußten sich in fünfzig Jahren fünfzig Mal erneuert haben, und wenn er an die Rinde des Birnbaums dachte, so war kein Spänchen mehr von dem Birnbaum da, den er als Kind berührt hatte. Es wuchs nicht das alte Gras im Apfelgarten, auf dem er damals ein Fohlen grasen ließ. Der Hundewagen war sicher Teil für Teil erneuert worden, und Grete Nothnick zog einen ganz anderen Hundewagen über die Landstraße als ihre Mutter. Und hatten sich die Zellen des Menschen, der Grete hieß, nicht auch in fünfzig Jahren vielmals erneuert? Er sah es ja: Sie kannte ihn nicht mehr, und früher hatte sie ihn gekannt. Nur der Raum, den die frühere Grete in der Welt beanspruchte, wurde von der heutigen Grete noch benutzt. Und so wars mit dem Birnbaum und dem Apfelgarten: Sie benutzten für ihr Dasein noch den alten Raum.

Er war erstaunt, wie willig er die unsichtbaren Veränderungen unveranschlagt gelassen hatte, weil sie seinen Erinnerungen rechtgaben.

Viele Tage dachte er, daß es sinnlos gewesen war, das Dorf seiner frühen Kindheit wieder aufzusuchen. War sein Leben nicht doch ärmer geworden, nachdem nun zerstört war, was seine Erinnerungen verklärt hatte?

Später fand er Trost in dem Gedanken, daß das Leben längst erstarrt wäre, wenn das Vorgefundene und die Erinnerungen übereinstimmen würden, und daß es einzig darauf ankommt, seinen geistigen Raum zu erweitern, solange man hier ist.

Pferdehandel im *Rossija*

Sie waren kirgisische Pferdemänner und hatten auf der Landwirtschaftsausstellung in Moskau Pferde ausgestellt.

Am Abend waren sie ins Zentrum gefahren und besuchten eine *Stolowaja* des neuen Hotels *Rossija.* Sie hatten von einem Tisch mit Marmorplatte Besitz ergriffen, und dort saßen sie.

Sie versuchten es mit russischem Kefir, aber der glich ihrem heimatlichen Kumys nicht, und als sie russische Wurst probierten, vermißten sie den Hammelgeschmack an ihr. Da kauften sie Konditorgebäck, weil sie mutmaßten, süß wäre in allen Ländern gleich süß, aber das russische Gebäck war süßer als süß, wie sie feststellten. Also holten sie Saure Gurken von der Theke und ließen sich zwei Gläser Tee dazu geben. Dem Tee versuchten sie, mit dem Butterkrem vom Konditorgebäck einen heimatlichen Anstrich zu geben, aber die gefärbte Butter zerging auf dem heißen Getränk zu einer schillernden Ölschicht.

Nach diesen Erfahrungen gingen sie zu einem moldauischen Wein, Marke *Hengst*, über, der mit seiner prickelnden Säuerlichkeit dem Geschmack von Kumys nahekam.

Sie waren europäisch gekleidet, moderne Schlipse, Halbschuhe, und sie trugen schwarze Anzüge, wie Menschen sie tragen, die an einem Botschaftsempfang oder an einem Begräbnis in Mitteleuropa teilnehmen.

Auf der kleinen Nase des jüngeren Kirgisen saß eine Brille, deren Gläser zarter Golddraht umrandete. Er hieß Tugelbai, und sein Gesicht war rund, glatt und freundlich. Tugelbai, der in seiner Jugend Pferdehirt gewesen war, hatte jetzt nur noch indirekt mit der Pferdezucht zu tun, wie ein Milchhändler mit Kühen zu tun hat, denn er war Verkaufsbevollmächtigter für Pferde.

Der andere Kirgise hieß Mukai, war an fünfzig Jahre alt, und seine Gesichtshaut war wie Wurzelrinde. Eigenwillig wie eine Baumwurzel war der ganze Mann. Schon nach dem zweiten Glas Moldauwein vergaß er, daß er auf einem modernen Stuhl mit Kunstlederbezug saß. Er umklammerte die Stahlstreben des Stuhles mit seinen Reiterbeinen, ohne auf die Bügelfalten seines Festanzuges zu achten. Seinen sehnigen Fingern sah man den Umgang mit Pferdemähnen und Fangleinen an.

Die Kirgisen hatten, neben anderen Pferden, zwei

Junghengste auf die Ausstellung gebracht. Der Bevollmächtigte Tugelbai war beauftragt, einen von den Hengsten zu verkaufen. Amerikanische Pferdefanatiker interessierten sich für einen der Junghengste. Es war der Hengst aus dem Kolchos, dem Mukai als Pferdezüchter angehörte. Mukai zeigte sich gleichgültig gegen die zu erwartenden Dollar. Er wollte den Hengst nicht hergeben und bat den Bevollmächtigten, den weniger wertvollen Hengst aus dem Nachbarkolchos zu verkaufen. Tugelbai, der Bevollmächtigte, war auf die Bitte Mukais nicht eingegangen. Um Tugelbai in geneigtere Stimmung zu versetzen, lud Mukai ihn zum Nachtmahl in die *Stolowaja* ein, denn am nächsten Tage sollten die Junghengste den Interessenten vorgeritten werden.

Einen Junghengst wie den unseren gabs seit langem nicht in der Steppe, sagte Mukai.

Dollar, Dollar, war die Antwort.

Mukai füllte das geleerte Glas des Bevollmächtigten. Er wollte auch sein Glas füllen, doch die Flasche gab nicht mehr genügend Wein her, und es nutzte auch nichts, daß er sie mit seinen sehnigen Fingern quetschte, sie war kein lederner Kumysbeutel.

Er sprang aus dem Sattel und ging auf seinen, schon etwas unsicher gewordenen, Reiterbeinen zum Buffet und störte dort das Mädchen, das gerade beim Nachtuschen seiner Wimpern war. Er suchte nach seiner Gesäßtasche, die er, weil die Jacke des Festanzuges so lang war, nicht gleich finden konnte, zog lose Rubelscheine heraus und erstand eine weitere Flasche Hengstwein.

Sie tranken und verhandelten, und Tugelbai setzte in der Hitze seine goldgeränderte Brille ab und legte sie auf die Marmorplatte des *Stolowaja*-Tischchens.

Würdest du deinen Vater verkaufen? fragte Mukai listig.

Tugelbai hob abwehrend die Hände.

Unser Hengst wird der Vater einer Herde werden.

Dollar, Dollar. Es wäre eine ökonomische Notwendigkeit, eine patriotische Pflicht, ausländische Rubel, Devisen, ins Land zu holen, sagte Tugelbai.

Nein! Mukai ließ die leere Flasche auf den Marmortisch scheppern, und die Flasche verbog den Bügel der Goldrandbrille des Bevollmächtigten.

Patriotisch! schrie Mukai, patriotisch wäre, einen guten Hengst im Lande zu behalten.

Beklemmendes Schweigen. Der Bevollmächtigte gewahrte, daß er sich in einen Teufelskreis begeben hatte. Du bist kein guter Bevollmächtigter heute, dachte er, du hättest nicht hierher gehen, nicht trinken, nicht mit einem Manne streiten sollen, der nichts von ökonomischen Belangen versteht; du hast dir an Autorität vergeben!

Mukai bedrückte das Schweigen des Bevollmächtigten. Er sah sich verlegen um: Alle Gäste, es waren auch Neger und zwei japanische Mädchen darunter, schienen sich in der *Stolowaja* versammelt zu haben, um auf den Hengst zu warten, den er nicht hergeben wollte. Vor lauter Jammer bog er den Brillenbügel zurecht und setzte die Brille dem Bevollmächtigten liebevoll auf die kleine Nase, um wieder einen rangälteren Kader vor sich zu haben.

Tugelbai setzte die Brille unwillig ab, legte sie wieder zwischen die Flaschen und versuchte noch einmal aus dem Teufelskreis, in den er sich eingeschlossen wähnte, auszubrechen: Gerade der beste Hengst würde mit den Nachkommen, die er im Ausland zeuge, der kirgisischen Pferdezucht ein Loblied singen. Dialektik, sagte Tugelbai. Dialektik, murmelte Mukai, und diesmal war er es, der in Schweigen versank, und er schwieg lange, und als zwei Tränen an seinen Wimpern hingen, sagte er endlich: Laß mich beide Hengste vorreiten, Bruder!

Tugelbai, den Bevollmächtigten, rührten die Tränen des Pferdezüchters, und es war ihm ein wenig unheimlich, daß Mukai nicht mehr stritt, und er sicherte ihm das Vorreiten beider Hengste zu.

Da waren sie einig und erhoben sich, um die *Stolowaja* zu verlassen, doch sie fanden den Ausgang nicht. Der Ausgang war mit einem stehenden Holzgitter und Blumenkrippen geschmückt und verstellt. Tugelbai schob den nicht ganz nüchternen Pferdezüchter, für den er sich verantwortlich fühlte, im Kreise und so, als ob sie sich in einer Jurte befänden, durch den Restaurationsraum. Mukai lächelte dabei wie ein gewisser Schweyk, als ihn der Irrenwärter aus der Badewanne hob, und dachte: Ich werde den Amerikanern den minderen Hengst aus dem Nachbarkolchos so vorreiten, daß sie sich die Finger nach ihm belecken werden, und unseren Kolchos-Junghengst, dachte er, werden ich so reiten, daß er aussehen wird, als ob er einen Esel zum Vater hätte. Ich werd meine Züchter-Ehre für diese verfluchten Dollar niederreiten, aber nur für ein Weilchen. Sie wird wieder hergestellt werden, wenn sich die Nachzucht des geretteten Hengstes auf der Steppe tummelt.

Als Tugelbai, der Bevollmächtigte, Mukai, den Pferdezüchter, zum zweiten Male im Kreise durch die *Stolowaja* schob, gewahrte er, daß er seine Brille auf dem Marmortischchen hatte liegenlassen. Er stellte Mukai gegen eine der Marmorsäulen des *Rossija*, bat ihn zu warten und schlich wie auf der Jagd nach einem Murmeltier an das Tischchen, riß die Brille dort aus dem Getümmel der leeren Hengstweinflaschen und setzte sie auf.

Als er sich wieder der Marmorsäule zuwandte, war der weinkranke Mukai verschwunden, und Tugelbai wunderte sich sehr, daß Mukai, der Pferdezüchter, den Ausgang ohne ihn und seine Brille gefunden hatte.

Die Hand

Ihr Vater wollte nicht, daß man ihr den rechten Unterarm aufschnitt. Er sollte dort aufgeschnitten werden, wo einem die Ärzte den Puls fühlen. Man wollte Wucherungen an den Sehnen, die man bei Pferden Spat nennt, abschälen.

Der Arzt des Kleinstadtkrankenhauses sagte, es wäre nicht notwendig, eine Spezialklinik in der Hauptstadt damit zu belasten. Ihr Vater fügte sich. Man schnitt ihr den Unterarm auf und schälte die Wucherungen von den Sehnen.

Der Arm gehörte einem Mädchen mit blauen, gläubigen Augen und durchsichtiger Haut. Das Mädchen wollte Sportlehrerin werden und hatte gern und ehrgeizig am Reck und am Barren geturnt, aber die Sehnen der Unterarme waren zu schwach und antworteten mit wild wachsenden Verstärkungen.

Als die Armwunde geheilt war, blieben drei Finger der rechten Hand taub. Man hatte die Nerven zerschnitten.

Das Mädchen entschloß sich, Lehrerin für Deutsch und Russisch zu werden. Dazu mußte sie das Abitur machen. Um das Abitur machen zu können, mußte sie wieder turnen. Wenn sie nicht turnen würde, würde sie in dieser Schuldisziplin eine Fünf erhalten. Mit einer Fünf im Zeugnis konnte sie kein Abitur machen.

Sie turnte wieder, sie war ehrgeizig, wie wir wissen; der Arm begann wieder zu schmerzen. Man bat den Arzt, der ihr die Sehnen geschält hatte, sie mit seinem Zeugnis vom Turnen fürs Abitur zu befreien. Der Arzt sagte, er wäre zu einer Freistellung nicht befugt, ein Sportarzt müsse entscheiden. Der Sportarzt sagte, sie wäre ein wehleidiges Mädchen, sie solle nur turnen.

Sie turnte, sie war ehrgeizig, wie gesagt, verbiß die Schmerzen, doch der Unterarm schwoll wieder, die Sehnen antworteten mit neuen Wucherungen.

Der Sportarzt sagte, er hätte das nicht wissen können, und befreite sie endlich fürs Abitur vom Turnen, doch der Unterarm sollte wieder aufgeschnitten, die Sehnen wieder geschält werden.

Der Vater fragte den Arzt im Kleinstadtkrankenhaus, ob nach dem zweiten Eingriff nicht die ganze Hand des Mädchens gefühllos oder steif werden würde, und wer die Garantie für eine einwandfreie Operation übernähme. Der Arzt sagte, er übernähme keine Garantie.

Das Mädchen machte das Abitur ohne Turnprüfung mit ungeschälten Sehnen und war traurig, denn der Unterarm blieb geschwollen. Um ihn wieder an Belastungen zu gewöhnen, versuchte sie es mit dem Tragen von Einkaufstaschen. Unterwegs öffneten sich die vom Nervenarzt getrennten Finger ihrer rechten Hand, die Tasche fiel zu Boden, das Mädchen weinte.

Der Vater bat den Arzt des Kleinstadtkrankenhauses, das Mädchen *invalid* zu schreiben. Der Arzt weigerte sich, doch der Vater will *Amtsinstanzen* anrufen, und eines Tages wird der Arzt bescheinigen müssen, daß seine Fahrlässigkeit aus der Staatskasse honoriert werden darf. Eine junge Frau wird später ihren Kindern mit der linken Hand übers Haar streichen – des Gefühls wegen –, man versteht.

Das Erdbeerbeet

Zweiundzwanzig Jahre nach dem Kriege standen wir vor einem Erdbeerbeet hinter den Garagen eines Volksgutes, die einmal Pferdeställe gewesen waren. Der Direktor, ein junger Mann, in dessen Gesicht das Leben noch wenig geschrieben hatte, der auswechselbare Herr über große Tulpenfelder, deren Blüten wir uns anschauen gefahren waren, wies auf das Erdbeerbeet, an dessen Pflanzen soeben die ersten Früchte reiften: Hier lag er, hier, unter den Erdbeeren. Es war eigentlich nichts mehr von ihm vorhanden, als man ihn umbettete.

Es war vor zweiundzwanzig Jahren, ein Maitag wie der, an dem wir vor dem Erdbeerbeet standen: Die ersten Obstbäume blühten, das Gras grünte, und die Knospen des Löwenzahns schwollen. Außer der Furcht der Schuldigen war wenig vom zu Ende gegangenen Krieg zu spüren, als die Russen in das Dorf kamen.

Sie kamen in kleinen Trupps und requirierten Pferde; jeden Tag kamen neue Trupps, und sie nahmen vor allem Tiere aus dem Warmblutbestand des Herrn von Dingelstedt.

Herr von Dingelstedt war ein preußischer Adliger, saß auf seinem Schlößchen, einem Bauwerk des Baumeisters von Knobelsdorff, und vielleicht ließen die Sowjetoffiziere Dingelstedt aus Respekt vor diesem Bauwerk nicht anrühren.

Es blieben nur noch fünf junge Pferde bester Blutsführung im Gutsherrenstall, und von Dingelstedt, dem der *Herrenmut* wieder gewachsen war, weil die Russen ihn nicht angerührt hatten, hatte seine letzten Tiere versteckt, aber die Sowjetsoldaten fanden sie, und daß der *Kulak* sie versteckt hatte, machte sie mißtrauisch. Zudem erschien von Dingelstedt im Stall und versuchte ihnen zu erklären, daß es sich um uneingefahrene Pferde handelte und daß ein Unglück geschehen würde, wenn sie sie einspannen würden. Insgeheim hoffte von Dingelstedt wohl, die Pferde auf diese Weise behalten zu können, hoffte es gewiß, sonst hätte er sie nicht versteckt gehabt. Er stellt sich zu den Tieren, radebrechte, gestikulierte und die Soldaten mißdeuteten sein Getu und erschossen ihn.

Von Dingelstedt sank auf den Mist, und seine Töchter begruben ihn hinter dem Pferdestall im Erdbeerbeet, während die Soldaten die jungen Pferde einspannten.

Die Pferde gingen durch, prellten sich tot, prellten auch die drei Russen tot, und es war niemandem gedient mit den vier Toten, als der Krieg zu Ende war.

Es steht jetzt nach der *Umbettung* nur der Grabstein mit seinem Namen auf dem Friedhof, sagte der junge Gutsdirektor, weil nichts mehr von Dingelstedt dagewesen war, nichts mehr.

Wir waren durch die Wälder geritten

Doch, doch, es kann im Juli zuweilen kühl sein, kühl wie im Herbst.

Es war ein Tag mit einem staubgrauen Himmel, und der Wind, der sich anfühlte, als ob er über Eisfelder gegangen wäre, schien durch den Tag hindurchzuwehn. Er durchküselte die schimmelige Kreisstadt und trieb alte Fahrkarten und Brotpapier über das Kopfsteinpflaster des Bahnhofvorplatzes.

Wir waren durch die Wälder geritten, zwanzig Kilometer – immer durch Wald, und standen nun auf dem kahlen Platz, auf dem sich die Augen an nichts halten konnten, und es war, als ob wir für immer voneinander Abschied nehmen sollten.

Er stieg vom Pferd und ging nach dem ungewohnten Ritt ein wenig hin und her, klopfte dem Pferd den Hals und lobte es. Er setzte die Beine wie ein alternder Mann, aber dann dachte er wohl an sie, zu der er fahren würde, und reckte sich und suchte einen jüngeren Gang vorzutäuschen.

Ich erinnerte mich unserer Lehrlingszeit: Damals band er sich nachts die Beine mit einem Riemen zusammen, damit sie gerade würden, und mir schien, als ob auch er sich erinnerte, denn er versuchte zu verhindern, daß sein Kreuz beim Gehen ausladend hin und her schwankte, doch es mißlang ihm, es mißlang.

Er beabsichtigte einer Frau entgegenzufahren, die er begehrte. Es war nicht seine Frau. Sie war schwanger, er wußte nicht, ob von ihm oder von ihrem Manne, doch er begehrte sie, begehrte sie trotzdem.

Sie schreibt, es sei schon rund, ihr Bäuchlein, schon sehr rund, sagte er, übergab mir sein Pferd und ging zur Bahnhofsvorhalle, um nach der Abfahrtszeit des Zuges zu sehn. Bevor er die Halle betrat, machte er eine Handbewegung, aus der ich nicht lesen konnte, ob sie ein Belächeln oder ein Bedauern unterstrich, denn alles war ungewiß.

Ungewiß war, ob ihn seine Frau freigeben würde, ungewiß war, ob ihr Mann sie freigeben würde; ungewiß war, wie man, wenn die beiden Freigaben statthaben würden, in seiner Dienststelle seinen Fall beurteilen würde, diese irreguläre Verliebtheit eines alternden Mannes.

Gewiß war nur, daß er die Frau begehrte; gewiß war, daß er mit seiner Frau keine Kinder hatte und Kinder haben wollte, und gewiß schien ihm, daß er sich eines Tages mit der Geliebten, jeder mit halbleerem Koffer, auf irgend einer Straße treffen würde.

Jetzt würde er abreisen, um das für drei Urlaubstage vorbereitete *Liebesnest* in einem trägen Städtchen an einem schläferigen Flusse zu beziehn.

Als er zum Schalter ging, um die Fahrkarte wie einen Schlüssel für die drei geheimen Liebestage in Empfang zu nehmen, sagte er: Man muß ein bißchen optimistisch sein, wie?

Aber die Sonne erschien trotzdem nicht am Himmel, und der Tag blieb staubgrau, und der Wind wärmte niemand – außer ihn.

Der Maurer

Einen gummibereiften Zweiradkarren am Motorrad, auf dem Karren sein Werkzeug, als Kalkfaß eine ausrangierte halbierte Harztonne, die scharfen Blechkanten nach unten gekrempelt, so zog der Flickmaurer auf den Hof. Es war ein Männchen mit einem Backpflaumengesicht, ein Männchen, das sich ledersne Knieschützer vorschnallte, die dicken Brillengläser putzte, Sand siebte, ihn mit Kalk und Zement mischte, Wasser hinzugab, um mit dem Mörtel den Putz unseres Häuschens zu flicken. Wer vorbeiging, sah: ein Maurer verputzte ein Haus.

Er kam 1945 fünfzigjährig mit einem Treck von Umsiedlern aus Schlesien ins Dorf. Vom Treckwagen nahm er sein in Betten gewickeltes Saxophon und bezog mit seiner Frau eine Stube.

Er fand Arbeit im Wald, brach sich dabei den linken Schenkel, und ein Roßarzt heilte ihn aus. Er konnte wieder in den Wald, arbeitete wochentags im Holz, spielte sonntags auf seinem Saxophon zu Tanzmusiken auf, wurde Kapellmeister einer Dorftanzkapelle und befingerte die Mädchen. Nach Dorftanzmusiken gibt es immer Mädchen, die zu kurz kamen und bereit sind, vor den Schenken auf den Kapellmeister zu warten.

Er war fünfundsechzig Jahre alt, da zeugte er mit einer fünfundzwanzigjährigen Halbidiotin ein Kind, aus Erbarmen, wie er sagte. Es packt mich halt's Derbarmen, wenn a Mädel so läufig rimmsteht.

Das Dorf war voll Gemunkel, seine Frau schämte sich, über die Straße zu gehen, und seine Arbeitskollegen im Wald hänselten ihn: Da wirst du also Zahlemann und Söhne machen!

Das Kind wurde irgendwo heimlich und *tot* geboren. Man fand es später in einem Straßengraben. Die Dorfleute sagten: Der Kerl hat ein Glück!

Er wurde Rentner, wollte von seiner Rente und vom Musikmachen leben, aber das Musikmachen wurde komplizierter: Büromenschen verlangten von Dorfmusikanten, die Leute tanzen machten, einen Berufsausweis. Tanzmusiker mit Berufsausweisen waren kostspielig; die Dorftanzfeste unterblieben, die Tanzlustigen gingen in die Städte, und die Büromenschen stöhnten über die Landflucht der Jugend.

Er entsann sich seines erlernten Maurerberufes, wurde als Flickmaurer wieder ein begehrter Mann, bekam jedoch Schmerzen im linken Fuß, die ihm das Mörtelschleppen zur Qual werden ließen. Er ging zu einem Orthopäden: Sein linkes Bein war drei Zentimeter zu kurz. Er verfluchte den Roßarzt von damals, ließ sich einen linken Schuh mit verdickter Sohle anfertigen, war wieder flott, flickmauerte weiter und ist jetzt zweiundsiebzig Jahre alt.

Zuweilen besucht er Verwandte im Spreewald und befährt die Autobahn mit hundert Kilometer Stundengeschwindigkeit. Was is ok dabei? Ich fahr doch seit finfundzwanzig und sitz uff der Kiste wie uff 'm Lehnstuhl.

Berufsbezeichnungen sind wie zugebundene Säcke, die wir weitergeben, ohne nachzusehen, wieviel besonderes Leben in jedem steckt: Ein Maurer – und zu seinen Angehörigen sagt er: Wenn ich abkratze, zieht mer's Musikerzeig an, das Saxophon legt mer in' Arm. Das Saxophon brauch ich, wo's auch hingeht nach'm Tode, ich brauch's.

In der Grotte

Der Raum am Ende eines lichtlosen Ganges glich einer Grotte. Es war ein Tisch drin, und auf dem Tisch stand eine Schreibtischlampe mit grünem Glasschirm, und sie wirkte wie ein Irrtum, und ihr grünes Licht wirkte wie ein wärmeloses Herdfeuer in der Grotte. Das Licht, das unter dem Lampenschirm herausfiel, war weiß und beleuchtete einen großen Teller vorbereiteter Brote, die mit gehacktem Rindfleisch bestrichen waren, das auf einigen Broten wie Hirnmasse und auf einigen wie geronnenes Blut aussah.

Neben dem kalten Kachelofen befand sich ein Hundelager, dessen verspeckte Decken stanken; es roch in jeder Ecke der Grotte nach Hunden, denn außer einer Dogge von der Höhe eines Saugkalbes befanden sich drei weitere Hunde im Raum: eine verbasterte Mittelschnauzerhündin, ein unkupierter Glatthaar-Foxterrier und eine verzwergte Schäferhündin.

Alles, bis auf ein undefinierbares Bild oben an der einen Wand, glänzte verspeckt, als ob es vielmals durch die Hundemäuler gegangen wäre, und selbst der vierzigjährige Rinderzüchter mit dem unverschnittenen Haarwulst im Genick und der Vorglatze, in der sich grünes Lampenlicht spiegelte, sah so pichig aus, als lägen die Hunde manchmal nachts auf ihm.

Der Rinderzüchter war ein ehemaliger Großbauer, ein As in der Genossenschaft, was die Rinderbetreuung anbetraf, und seine Frau, die von der Handarbeit nichts hielt, hatte sich zum Studium *delegieren* lassen und hielt sich in der Stadt auf.

Ich hatte meinen Kraftfahrerschutzhelm neben den fetthungerigen Ledersessel gestellt, in dem ich saß, und er stand dort links von meinen Füßen wie ein lackierter Nachttopf mit Schutzbrille.

Die verzwergte Schäferhündin gehörte einem Mädchen und trug ein breites Zierhalsband mit vernickelten Beschlägen, und der unkupierte Terrierrüde ritt auf ihr herum, und wenn die anderen Hündinnen neugierig oder neidisch in seine Nähe kamen, so beritt er auch sie, und der Rinderzüchter sprach über ein repariertes Melkzeug und aß von den Broten mit dem roten Schabefleisch, und manchmal unterbrach er seine Erklärungen und rief den reitenden Hunden zu: Schön, schön, aber genug jetzt! und dabei warf er dem Mädchen einen müden Blick zu.

Das Mädchen war jung, blond, rotwangig und wirkte sehr gewaschen. Es aß nicht, nippte Limonade, sprach nur, wenn es gefragt wurde und formte seine Worte nicht aus. Es war von einer anderen Genossenschaft herübergekommen, wo es Melkerin war, und als ich es nach seiner Arbeit fragte, sagte es: Arbei ist Arbei, Hauptsach ma verdien gu.

Am Fenster, das gardinenlos zum Hof hinausging, war die Metalljalousie so heruntergelassen, daß noch etwas von der Mainacht, die draußen war, hindurchschimmerte, etwas vom einem dünnen Mond und von den frischen Blättern der Hoflinde, und es kam jemand auf den Hof und strich von außen mit dem Finger über die Jalousie-Harfe, und die Hunde sprangen alle zugleich jaulend und kläffend gegen das Geräusch am Fenster an; voran die schwarze Dogge, die ihre Vorderbeine aufs Fensterbrett stellte und ihre Schnauze gegen die rasselnde Jalousie drückte.

Der Rinderzüchter und das Mädchen verständigten sich mit Blicken, und ich wurde gewahr, in welchem Verhältnis sie zueinander standen. Dann ging der Rinderzüchter hinaus, und ich blieb mit dem Mädchen sitzen und war ein wenig verprellt und fand den Anfang nicht, um etwas zu sagen. Sie aber sagte mir mit den Augen, daß ich mancherlei mit ihr anfangen könnte, so daß ich in eine verzwickte Lage geriet und sachlich blieb und sie mit Fragen langweilte. Sie antwortete abgehackt und warf nach jeder Antwort ihren Stirnpony mit einem Kopfruck zurück.

Als der Rinderzüchter wieder hereinkam, sagte er, es sei jemand nach Bruteiern dagewesen, und aß weiter von den Broten mit gehacktem Rindfleisch, das unverschämt rot und blutig war. Er war ein Mann, der viele Eisen im Feuer hatte, denn er war nicht nur Rinder-, Tauben- und Hundezüchter, sondern auch Hühnerzüchter, obwohl die Genossenschaft es bei ihren Spezialisten nicht gern sah, daß sie sich mit allerlei Züchtungen verzettelten wie die Bauern vor dreißig Jahren.

Ich fragte den Mann nach seinen Hühnern, und er sagte, daß es sich um eine besondere Rasse, um Amrocks, handele, die es erst seit vier Jahren gäbe, und daß er der einzige Züchter dieser Rasse am Ort sei.

Und schon wieder rasselte es an der Jalousie, und die Hunde sprangen wie eine Herde Hyänen gegen das Fenster, und als der Rinderzüchter hinausging, zwinkerte mir das Mädchen sogar zu, und es benutzte den Ritt des unkupierten Foxterriers auf der großen Dogge, ein wenig entsetzt oder angewidert oder so was zu tun und näher zu mir hinzurücken.

Ich hätte dreist ein wenig zurücken können, und ich hätte damit niemandem etwas weggenommen, und was den Rinderzüchter betraf, so hätte ich ihn vor weiteren moralischen Fehltritten bewahren können, aber es blieb etwas, was mich abhielt näherzurücken, und ich fühlte mich erleichtert, als der Rinderzüchter diesmal etwas früher zurückkam und den Hahn seiner Amrocks-Hühnerrasse unterm Arm trug. Ich mußte den Hahn anheben. Es war ein gesperberter Hahn mit einem Doppelkamm und mit Beinen so stark wie die eines Emus, und ich schätzte ihn auf acht Pfund, um dem Rinderzüchter eine Freude zu machen und obwohl ich nichts gutzumachen hatte, denn ich hatte nichts angefangen mit seiner Geliebten. Es gelang mir mit der Freude, denn der Rinderzüchter sagte triumphierend, daß der Hahn zehn Pfund wöge, und er aß strahlend vor Züchterstolz wieder von seinen Schabefleischbroten.

Da mir einige Hühnerflöhe ins Gesicht gesprungen waren, setzte ich den Hahn auf den Fußboden, und die Hunde kamen herzu und wollten ihn beschnuppern, aber der Hahn hüpfte, ohne mit den Flügeln zu schlagen, auf die Sofalehne, und der Rinderzüchter kaute Schabefleischbrot und sagte: Laßt ihn!

Es wurde wieder an der Jalousie gekratzt, und der Ansturm der Hunde wurde schon zu einer Gewohnheitssache, die zum Abgang des Rinderzüchters gehörte.

Nun hätte ich wenigstens damit anfangen müssen, mit dem Mädchen etwas anzufangen, doch ich ließ lieber zu, daß sie mich für einen Mann ohne Schneid, vielleicht sogar für einen Frommen hielt. Ich gesteh, daß es mir nicht leichtfiel, nichts mit ihr anzufangen, und ich war wiederum froh, daß der Hahn auf der Sofalehne, Gottseidank, mit den Flügeln zu klappen und zu krähen begann, als ob er auf einem Hoftor säße. Ich packte in meiner Not den Hahn, drehte ihn flugs um, und legte seinen Kopf mit dem Rosenkamm so auf den Fußboden, daß sein eines Auge auf den Dielen lag. In das nach oben liegende Auge starrte ich hinein und gab mir das Aussehen eines gewaltigen Hypnotiseurs und Seelenbezwingers.

Als ich meine Hände vom bezwungenen Hahn hob, blieb er liegen und war starr. Ich konnte mit dem Zeigefinger vor seinem offenen Auge herumfuchteln, konnte an seinen gestreckten Beinen zerren, und der Hahn rührte sich nicht.

Als ich mich der Geliebten des Rinderzüchters zuwandte, sah sie weg, und als ich mich zu ihr setzte, rückte sie von mir ab und starrte zum Fenster und zur Jalousie hin, und als ich sie fragte, ob sie fürchte, daß dem Hahn etwas geschehen sei, sagte sie: Vergewaltign laß i mi ni, bestimmt ni!

Und da erhob sich auf dem Hofe ein Geschrei: Der Rinderzüchter zankte sich mit einem Weibe, und die Hunde preßten sich durch den Türspalt und rissen mich um, und ich ruderte mich durch eine Welle von Hunden.

Der Rinderzüchter war, wie gesagt, ein Mann mit vielen Eisen im Feuer, und Schafe waren nicht das Schlechteste, was er züchtete. Er hatte sich eine Schafschere von Nachbarsleuten geliehen und hatte sie nach der Benutzung zurückgegeben, aber die Frau behauptete, er habe die Schere gegen eine schlechtere vertauscht, und der Rinderzüchter brüllte sie an: Mit Ihnen verhandele ich nicht, schicken Sie Ihren Mann!

Meinen Mann schicke ich nicht, er ist ein Verrückter, schrie die Frau, und der Rinderzüchter bugsierte sie beim Hoftor hinaus und sagte: Du mußt wissen, nicht ihr Mann, sie ist verrückt, jawohl!

Es wurde still, und man sah den schmalen Maimond und die jungen Blätter der Hoflinde, und drinnen, in der leeren Grotte beim grünen Licht, saß die Geliebte des Rinderzüchters, mit der ich in mancherlei Hinsicht etwas hätte anfangen können und in anderer Hinsicht nicht, und die andere Hinsicht war, daß ich nur aus Neugier aufs Leben in die Grotte gekommen war, und nicht, um mich ins Leben *verwickeln* zu lassen.

Verrat

Frühlingsnacht, Suchuminacht. Sternhimmel stieg aus dem Meer und Leuchtturmlicht streifte die Wellen. Sie sang ihre intellektuellen Chansons, und die georgischen Zuhörer, an Folklore, Hofschauspielkunst und harmonische Melodien gewöhnt, plauderten, pfiffen schließlich und verlangten nach deutschen Liedchen, die sie kannten, nach Schlagern.

Sie rümpfte die blonde Nase, versagte sichs, auf die Wünsche der Zuhörer einzugehen, und sang ohne große Gesten, brechtgemäß weiter, doch sie zitterte dabei, denn es gingen Leute fort, und die Leute, die nicht fortgingen, blieben aus Höflichkeit sitzen und plauderten weiter.

Das Programm war zu Ende, und die deutsche Chansonette, die durch Erfolge im Ausland verwöhnt war, brach zusammen. Sie war voller Vorwurf gegen den unerhörten Sternhimmel, der sich für Leute verschwendete, die sich ihrem Gesang nicht gebeugt hatten, und sie trampelte und heulte.

Wie gut und wohltuend wars da, als jener deutschsprechende Georgier, der trotz seiner dreißig Jahre das Wesen eines idealistischen Jünglings hatte, sich ihrer annahm. Er tröstete sie, und in seinen Armen weinte sie sich aus. Sie küßten einander, wie Geschwister sich küssen (und später erinnerte sie sich, daß sie dabei durch das Gefieder von Palmblättern auf diesen unverschämt sternreichen Himmel gesehn und sich mit ihm ausgesöhnt hatte). Sie sagten du zueinander und mochten sich, denn er war blond und kraushaarig, und sie fand, daß er deutsch aussähe. Und darüber vergaß sie wohl ganz und gar den Mann in Deutschland zu erwähnen, und sie log auch nicht, wenn sie ihn verschwieg, denn sie war mit ihm noch nicht verheiratet. Was sie den jungen Georgier wissen ließ, war, daß sie ihn und seinen Beistand nie vergessen würde, und das klang wie ein Schwur, und der junge Georgier nahm ihn, wie man in seinem Lande Gelöbnisse aufnimmt, heiß und unabdingbar.

Sie ging in ihre Heimat zurück, sang und erhielt Beifall, und sie fuhr in andere Länder und hatte Erfolg; man warf ihr Blumen zu, schickte ihr Briefe, und sie vergaß ihre georgische Niederlage.

Mit ihrem georgischen Beschützer wechselte sie einige Briefe; im ersten war von ewiger, im zweiten nur noch von Freundschaft die Rede und einen, den er ihr schrieb, fing ihr Mann ab. Er fand, daß das Du in der Anrede ein Beweis wäre, putzte seine Brille, rückte sie nervös zurecht, lachte verächtlich und spöttelte.

Da schämte sie sich ihrer Schwäche von damals, und daß sie sich hatte von einem naiven Georgier trösten lassen, war ihr peinlich. Sie schrieb dem Georgier nicht mehr, um keine Gegenbriefe zu erhalten, die sie an die Stunden erinnerten, da ihr Intellekt versagt und sie ihren Gefühlen ausgeliefert hatte.

Aber es war in Georgien die Rede davon gewesen, daß sie sich, sobald sich eine Gelegenheit böte, immer, immer wiedersehn und besuchen wollten. Der Sommer kam, und für den jungen Georgier kam die Gelegenheit.

Als sie ihn in der schwülen Sommernacht vom Bahnhof abholte, war ihr Mann bei ihr, und sie begrüßte den jungen Freund ohne den georgischen Überschwang, dem sie sich damals, als es ihr und ihrem kleinkünstlerischen Ehrgeiz schlecht ergangen war, nur allzu gern angepaßt hatte. Gute Reise gehabt, mein Freund? Sie vermied das Du und suchte dem träumenden Georgier mit ihrem Händedruck zu verstehen zu geben, daß sie jetzt in Deutschland und nicht in Georgien wären, doch der fühlte nur die schmale Hand, an die er oft gedacht hatte, und verstand nichts. Und er begriff auch nicht, weshalb er sie nicht umarmt hatte, und begann trotz der schwülen Sommernacht zu frieren.

Ein Gepäckträger war nicht bestellt worden, und

die berühmte Chansonette, auch ihr eifersüchtiger Mann fanden, daß es sich nicht mit ihrer Würde vertrüge, dem jungen Gast das Gepäck zu schleppen.

Die Koffer des Georgiers waren nicht schwer, aber er stellte sie trotzdem mehrmals auf dem Gang zur öden Bahnsteigtreppe ab, weil er seine rechte Hand benötigte, um sich mir ihr über die Augen zu streichen, und es brauchte Zeit, viel Zeit, bis er begriff, daß nicht das bläuliche Neonlicht, nicht ihr rotes, kurzes Kleid, auch nicht ihr hochgestecktes Haar sie so fremd sein ließen.

Die Beleidigung

Ob er man noch lebt, dachte die alte Frau unterwegs, ich bin wirklich gespannt, ob er noch lebt. Sie hatte sich ein Auto gemietet und saß neben dem Fahrer, um auf ihrer Reise alles genau sehen zu können, denn sie hatte seit Jahren kranke Beine und kam selten aus ihrer Stube. Der längste Spaziergang, den sie jahrsüber machte, war ein Gang auf den Hof. Von dort konnte sie über dem Bretterzaun die Wipfel der Eichen sehn. Das konnte sie zwar auch von ihrer Stube aus, aber auf dem Hofe hatte sie das Gefühl, ohne die Hilfe eines Fensters, den Eichen, der Luft und der Sonne wirklich gegenüber zu sein.

Wenn sie sich beim großen Spaziergang müde fühlte, so setzte sie sich auf das Hofbänkchen, und dieses Jahr hatte sie dort der Sonne standgehalten, und die Sonne hatte ihr Blasen auf der linken Ohrmuschel gebrannt, und die alte Frau war gekennzeichnet, wie andere Leute aus der Sommerfrische, vom Spaziergang zurückgekehrt.

Wenn das Mietauto in eine Kurve ging, breitete die alte Frau die Arme aus und suchte nach Halt. Sie fand ihn mit der rechten Hand am Sims des Fensters, während die linke Hand haltlos fuchtelte. Der Fahrer blickte jedesmal ungehalten zu ihr hin und blies die rotgemaserten Wangen auf, weil er fürchtete, sie könnte unerwartet Halt am Steuerrad suchen.

Bevor die alte Frau auf die Fahrt gegangen war, hatte sie Vitamintabletten geschluckt, Tabletten gegen Schwangerschaftsübelkeit und Übelsein bei Flug- und Autoreisen, doch als das Auto die kleine Kreisstadt passiert hatte und wieder freies Land gewann, merkte sie, daß die Vitamintabletten nicht angeschlagen hatten. Sie begann Bonbons zu lutschen, doch die Übelkeit nahm zu, und die alte Frau beugte sich nach vorn und murmelte etwas. Der Fahrer bekam einen Schreck, denn ihm schien's, als ob es mit der Alten zu Ende ging, und er hielt an und öffnete die Wagentür zur Rechten.

Die alte Frau beugte sich zum Auto hinaus, und der Fahrer hielt sie fest und war auf alles gefaßt. Sie beugte sich sehr weit hinaus, und der Fahrer staunte, wie weit sie das bei ihrer Unbeweglichkeit vermochte. Sie seufzte, jammerte und erbrach sich, und die laue Juniluft strich durch das Weggras, in das sich die alte Frau erbrach.

Als zehn Minuten vergangen waren, fuhr der Fahrer wieder an. Der alten Frau ging es besser, und sie lutschte Bonbons, es war ihr leichter. Sie staunte über die blauen Lupinenblüten, die man auf dem Sandboden eines schütteren Waldes ausgesät hatte. Sie kannte nur gelbe Lupinenblüten, postgelb wie Ginsterblüten. Ach ja, es war behaglich, so dahinzufahren, so gestellt zu sein, daß man sich, ohne seine Groschen zählen zu müssen, ein Auto mieten und dahinfahren konnte, und das konnte sie, denn ihre Söhne, mit der von der Mutter ererbten Tüchtigkeit ausgestattet, hatten ihre Berufe und verdienten gut und ließen es ihr an nichts fehlen. Es tat ihr wohl, daran zu denken, daß es anderen Leuten nicht so gut ging. Und sie dachte an ihren Vetter, den sie suchen fuhr, der am Ende tot und wenn das nicht, bettlägerig sein würde. Und wenn er noch lebte, mußte er ein sehr alter Mann sein, zehn Jahre älter als sie, und er würde sie, falls er noch lebte, wie eine Erscheinung aus der Jugendzeit betrachten und ihr dankbar sein für die Schokolade und die Zigarren, die sie ihm schenken wollte, denn wer hat, der soll dem geben, der Not leidet. Und sie stellte sich vor, wie dankbar er ihr sein würde, daß sie die Reise und das Ausbrechen aus ihren häuslichen Gewohnheiten auf sich genommen hatte, um ihn zu besuchen und zu sehen.

Dann wurde ihr wieder übel, und sie vergaß,

wofür sie unterwegs war, und als die Übelkeit ihren Höhepunkt erreicht hatte und sie sich wieder übergeben mußte, dachte sie: Wofür quäle ich mich? Wofür ging ich auf diese Reise? Ich fahre am Ende zu einem längst Verwesten und komme dabei selber auf der Landstraße um, eine wunderliche alte Frau bin ich!

Als es ihr wieder besser ging, fiel ihr ein, daß der Vetter in seiner Jugend ein guter Ziehharmonikaspieler gewesen und über die Dorfzäune gestiegen war, um nachts unter den Fenstern von Mädchenkammern zu spielen, und sie strich über das königliche Geschenkpäckchen auf ihrem Schoß, das sie dem Vetter überreichen würde.

Dann kamen sie in das Dorf, in dem die alte Frau die Ferien bei ihrer Tante und mit ihrem Vetter verbracht hatte. Die Balkenhütten mit den Strohdächern waren verschwunden, und die alte Frau konnte das Haus nicht finden, in dem sie bei ihrer Tante gewohnt hatte. Aber schließlich orientierte sie sich an einem vergrasten Graben, an dem sie damals mit dem Vetter Frösche gefangen hatte. Die Erinnerung daran ließ sie ordentlich fiebrig werden, und es kam ihr vor, als ob sie dort im Graben noch heute Frösche fangen könnte, wenn nur das Wasser nicht versickert gewesen wäre.

Sie ließ den Fahrer vor einem roten Backsteinhaus halten, wo einst die Kate ihrer Tante gestanden haben mußte. Der Fahrer hielt vor der gemauerten Hauseinfahrt, und das Auto stand mit dem Kühler vor einem grünen Bohlentor.

Die Frau mußte mit jedem Schritt, den sie tat, weil er ihr Schmerzen bereitete, haushalten, und sie bat den Fahrer nachfragen zu gehen, damit sie ihre Schritte nicht umsonst ausgab für den Fall, daß der Vetter bereits ein beblumter Grashügel auf dem Friedhof sein sollte.

Der Fahrer ging, und die alte Frau öffnete die Autotür und rutschte herum, so daß ihre Füße mit den blauen Segeltuchschuhen beim Auto herausbaumelten. Sie war gespannt, gespannter als in einem Kriminalfilm in ihrem Televisor, bevor der Täter entlarvt wird.

Der Fahrer kam zurück. Lebt, sagte er, ist aber unterwegs. Da wußte die alte Frau nicht, was zu tun wäre. Sie versuchte auszusteigen, doch bevor sie ihre Füße auf den Rasen vor der Toreinfahrt setzen konnte, bog ein zweites Auto in die Toreinfahrt ein und hielt, und ein rüstiger Alter stieg aus dem Auto. Er war steil wie eine Nutzholzkiefer, und sein Haar war voll, wellig, wenig grau und sorgsam gescheitelt. Er begrüßte die alte Frau von weitem und rief ihr zu: Bleib um Gottes willen sitzen und überhebe dich nicht! Er sah auf die alte Frau wie auf ein Wesen herab, das des Trostes bedurfte. Du bist zu dick; daran liegts wahrscheinlich – zu dick, sagte er und forderte die alte Frau auf, seinem Beispiel zu folgen, schlank zu sein, schlank im Alter. Er prahlte mit seiner Rüstigkeit und erzählte, daß er jährlich über tausend Rutenbesen bände und sie mit seinem Auto zum Verkauf in die Stadt brächte.

Die alte Frau wußte nicht, was denken, und wenn sie den Vetter nicht an der starken Nase erkannt hätte, der Familiennase, die der ihren glich, hätte sie fürchten müssen, es mit einem Betrüger zu tun zu haben. Eine Genugtuung wars ihr jedoch, daß das Auto des Vetters recht alt und abgeblättert und nicht so schön wie das Auto war, in dem sie vorgefahren war, und sie übersah ganz und gar, daß sie es nur gemietet hatte.

Immer, wenn die alte Frau Anstrengungen machte, sich vom Autositz zu erheben und sich auf den Rasen zu stellen, wehrte der Vetter ab. Nein, nein, du sitzt so schön, und ich stehe hier gut, ich kann gut so stehen! Er erzählte, daß er jährlich viele Kaninchen züchte, schlachte und sie mit Schweinsköpfen zusammen zu Wurst verarbeite, daß er elf Kinder gehabt und mehr hätte haben können, wenn er nicht in seinem siebzigsten Jahre klug geworden wäre.

Er war wirklich rüstig, der Vetter. Ein Musterbild für die Lust am Leben im hohen Alter, denn er war sechsundachtzig Jahre alt, und die alte Frau war enttäuscht, daß sie ihm nicht die Erscheinung und der Trost aus den Jugendjahren sein konnte, wie sie es beabsichtigt hatte. Sie konnte sich reinweg ein bißchen ärgern, daß sie ihren Fernsehapparat nicht bei sich hatte, mit dem sie den Vetter vielleicht mehr als mit dem gemieteten Auto beeindruckt hätte. Er machte sie ja geradezu zu einem Nichts, dieser Vetter, und sie wollte zeigen, daß es auch mit ihr noch nicht aus und alle war, und sie gab sich einen Ruck, stellte sich auf den Rasen und angelte gekrümmt, ein in der Mitte des Leibes zusammengefalteter oder zusammengeklappter Mensch, nach ihrem Gehstock.

Der Vetter sprang entsetzt auf sie zu: Um Gottes willen, du machst dich zuschanden!

Aber die alte Frau stampfte wütend mit dem Stock auf. Sei still, du bist nicht mein Vormund, ich muß auf den Abtritt!

Die gekrümmte Alte schob ihren Leib Zentimeter um Zentimeter vorwärts, und der steile Vetter ging nebenher und bedauerte sie. Es liegt im

Kreuze, dein Übel, im Kreuze liegt es! und er fragte die Base, ob sie denn schon einen *Ziehmann*, einen Einrenker von Knochen, aufgesucht habe. Die alte Frau war zivilisiert und wollte nichts von einem *Ziehmann* hören, und sie konnte es sich nicht versagen, den Vetter zu belehren: Wenn du fernsehen würdest, so würdest du wissen, daß es sich bei deinem *Ziehmann* um Quacksalberei und Aberglauben handelt!

Aber der Vetter erwiderte gelassen: Sendungen über Krankheiten sehe ich mir nicht an.

Die alte Frau wurde immer wütender. Laß mich in Ruh! Auf den Abtritt will ich!

Und als die alte Frau den Weg zum und vom Abtritt bewältigt hatte, war sie so erschöpft, daß sie nicht mehr hörte, was der Vetter ihr zu sagen hatte, und sie ließ sich in die Autopolster plumpsen wie in ein fahrbares Bett.

Auf dem Rückweg hatte sie zu tun, mit ihrer Enttäuschung fertigzuwerden. Sie erkannte den Grund nicht, aber sie fühlte sich beleidigt. Es wurde ihr nicht mehr übel, und sie aß die Schokolade, die sie dem Vetter zugedacht hatte, und sie dachte: Da hast du nun das feine Geld ausgegeben, um dich von deinem Vetter verhöhnen zu lassen.

Von den dem Vetter zugedachten Zigarren schob

sie drei dem Mietwagenfahrer zu, und sie wünschte sich ihn als Verbündeten für ihre Enttäuschung und fragte: Wie fanden Sie das nun? Widerlich, diese Prahlerei, nicht?

Er hat doch nicht gelogen, sagte der Fahrer, es *hat* doch ein jeder sein Auskommen.

Ich glaube gar, sagte die alte Frau, wandte sich ab und sah beleidigt zum Fenster hinaus, und es reute sie, daß sie die drei Zigarren nutzlos weggeschenkt hatte.

Ich geb zu, sagte der Fahrer, daß man sich, wenn man älter ist und es anders kennt, erst dran gewöhnen muß.

Die alte Frau hatte gar keine Lust mehr, sich mit einem Manne zu unterhalten, der nicht auf ihrer Seite stand, und sie sah beharrlich zum Fenster hinaus und war damit beschäftigt, sich auszumalen, wie gut ihre Reise gewesen wäre, wenn sie einem Sterbenden hätte ein wenig Trost und etwas Glanz aus der Jugendzeit bringen können.

Brief an Gerhard Holtz-Baumert*

Striehtmater

schulzenhof
rajon hamelstal
den ten 66

lieber freind und sbezie!

in keischer drauer erfahre ich soeben, daß du plözzlich und unerwartet an deinen stehenden geilriemen gebackt hast, und daß es dir keine lähre gewen is, dass ich mir bei die bolidisch wichtige aufrichtung eines wahldes das pein brach. du hast nich wie ein margsistischer autofahrer gehandelt, indem du geglaubt hast, der geilriemen steht, wogegen du wissen mußtest, daß nichts auf der welt feststeht, indem alles in bewegung ist, besonderst, wenn man denkt, es ist nicht in bewegung und dranbackt.

lieber sbezie, nunmehr wirst du dich nach der lere inseres erzbriesters engels vorübergehend in das dierreich zurückentwickeln, indem der daumen maßgeblich an deiner menschwerdung bedeiligt

* In Nachahmung des *Briefwechsels des bayrischen Landtagsabgeordneten Jozef Filser* von Ludwig Thoma

war. dröste dich, alter sbezie, indem du jetzt ein bionier sein wirst und maßgeblich beteiligt an der affenwerdung des menschen. gemach und guthen muts, lieber sbezie, du wirst es auch als affe ganz schön haben, was ich dir aus eigener anschauung versichern kann. zudem befinden sich die affen auf dem aufsteigenden ast, und jede dummheit, wo sie machen, is eine intelligenzleistung. wohingegen beim menschen sich jede intelligenz leistung als dumheit herausstellt besondres in inseren zeiten.

sei nicht draurig, lieber sbezie, denn als normaler affe hast du viele verginstigungen:

a) indem du auf keine sitzung nicht brauchst oder nur solang es dir schbaß macht. Wann es dir geinen schbaß macht, springst du auf den disch oder zeigst heda ziener dein hinterzeig, womit bewiesen ist, daß du rot bist und bleibst, ohne deglaration und resolution. Jeder wird sagen: von einem affen gann man nich mehr verlangen;

b) indem du nicht mehr auf die einrichtung städtischer anstalten warten brauchst und gannst hinbissen und exgrementieren, wohin es dich gelüstet, auch auf ein denkmal, wo dir nicht paßt;

c) du gannst überall ohne ausweis bassieren, man gennt dich schon, denn im affenreich is der internationalismus verwirglicht;

d) indem du beim westfernsehn große schanzen als gunstmaler hast, ind bei inseren Fernsehn als spielautor. Jede zeitung wird dich loben: die gabidalisten haden zweihundert und mehr jahre zeit, und insere volkseigenen affen gennen jetzt schont fernsehspiele gestalten und noch dazu bosidiv und kein bißchen degadent.

e) indem du dag und nacht bahnahnen fressen gannst ohne auf christmess oder zutheilung zu warten;

f) indem du auch im zirkus große schanzen hast, bal du dich dort anstelln läßt und du gannst jedem den vogel zeigen, sogar willi lefiehn und höhere, wenn sie drin sind und gannst frau gärtner-scholle und nadeschda ludwiek in die handtaschen bissen;

g) indem du jeden, der dir nicht baßt in den finger beißen gannst und immer der gebissene schuld ist, bal es heißt, man muß aufbassen bei affen;

h) indem du dich im Zoo anstellen läßt. lieber schbezie, das ist dein baradies: da gannst du im glashaus sitzen und mit steine werfen, bal die schuld sein wern, die dir die Schteine geben. So junge menschenaffen wie du bekommen im zoo eine werterin von 15–17. du gannst sie güssen, wohin du willst, gannst ihr auch öffendlich an das milchzeig greifen. Sie wird es gewährn lassen, weil sie, her ich, im lerlingswettbewerb steht und punkte drauf kriegt für gute beziehungen mit den affen. und lieber schbezie, bal frauen mit hut und gummiband dich bedrachten, wo du nicht leiden gannst, brauchst du nur zur scheibe hindreden und ihnen einladend dein bisszeig vorweisen, worauf sie ihren mann wie einen rekenschirm nehmen und enteilen werden.

lieber schbezie, alles das habe ich mit eigenen augen im dierpark berlin bewundern gönnen, und es hat mich mit neid erfillt für deine neie laufbahn. und in magdeburger zoo konnte ich bewundern, daß du als gewöhnlicher menschenaffe deine exgremente nach die wärter schmeißen gannst, bal dir das essen nicht behakt.

i) indem du auch auf dem baum vor deinen hause schlafen gannst, bal deine schwiegermutter zu besuch is.

lieber schbezie, wie ich auch hin und her denk: du bist vom schicksal begünstigt, indem auch der gorilla über dich schreim wird: der affe als schöpfer seiner selbst (im agademieverlag)! ich bedaure mich, daß ich mir nur ein bein geprochen hab, und somit nich an die großen zeiden teihaben gann, wo dir bevorstehn, lieber schbezie.

ich nähme an, lieber schbezie, daß du christmess zu freude von deine familie in der christbaumspitz und auch deinen gepurtstag dort verpringen wirst.

womid ich dich bästens grüße von bäd zu bäd und auch deine gleine inke, die sich bestimmt nicht hat dräumen lassen, was alles gommt.

dein alter schbezie
ervin

bs. auch hast du schanzen, lieber schbezie, daß du zuerst auf den mond gannst, wenn du dich als affe in suchumi bei die weltraumaffen anstelln läßt. denk dir schbezie, zuerst auf den mond, und die ameriganer missen bei dir anglopfen, bal sie dich besuchen wolln, wie im neien weltraumabkomm festgelegt is!

Der Doktor

Ich stand am Zaun der Pferdekoppel, als die Kutsche mit dem Besuch kam, den ich schon am Vormittag erwartet hatte. Die Kutsche fuhr ein Kutscher mit einem Burjatengesicht, und er hielt auf meiner Höhe. Es saßen vier Frauen und zwei Männer in der Kutsche, und ich hatte nur den Doktor und seine Frau erwartet, aber ich wußte sofort, welches der Doktor war, denn seit einem halben Jahr ritt ich eine Araberstute, die ihm gehört hatte, und in den ersten vier Wochen, da ich die Stute auf meine Reitart umstellte, erfuhr ich von ihr, wie der Doktor sein mußte, der sie geritten hatte.

Die übrigen Insassen der Kutsche waren übrigens Sommergäste, und sie interessieren für diese Geschichte weniger, aber der Doktor, und ein wenig auch seine Frau, sind für sie von Wichtigkeit.

Der Doktor hatte ängstliche Augen, Hasenaugen, und andere Augen konnte er für mich nicht haben, wenn ich dran dachte, was die Stute aufstellte, ehe sie über einen schmalen Graben sprang, als ich sie auf meine Bedürfnisse zuritt.

Diese Ängstlichkeit! Mich interessierte an ihr, ob

sie dem Doktor angeboren worden war, oder ob er sie irgendwann erworben hatte. Und wie konnte es anders sein: Die Ängstlichkeit des Doktors war mit übergroßer Höflichkeit gepaart. Als er mich am Wege stehen sah, sprang er von der fahrenden Kutsche, und seine Augen waren noch ängstlicher, als er mir die Hand reichte, und es wäre nicht nötig gewesen, daß er sich für die Vielzahl der mitgebrachten Besucher entschuldigte; seine Augen hatten das bereits besorgt.

Zuletzt stellte mir der Doktor seine Frau vor, und seine Augen wurden dabei besonders ängstlich, und das nicht aus Eifersucht, wie ich fühlte, sondern aus Sorge, daß mir seine Frau mißfallen könnte.

Seine Frau mißfiel mir übrigens nicht, aber sie gefiel mir auch nicht. Sie war vierzigjährig und voll Güte, Güte ohne Konturen.

Wir fuhren auf den Hof, und die Insassen der Kutsche verteilten sich, und der Doktor und seine Frau gingen mit mir in den Pferdestall. Die Pferde, die vorn im Stall standen, sah der Doktor nicht, nein, er sah nur die Stute, die ihm gehört hatte, eine elegante Apfelschimmelstute. Der Doktor ging zu ihr, und die Stute stutzte, aber dann scharrte sie mit dem Vorderhuf in der Streu, wie sie es bei jedem Besucher tat, und bettelte um einen Brotbrocken, und der Doktor deutete es als ein Zeichen des Wiedererkennens, und ich ließ ihn bei dem Glauben, obwohl ich wußte, daß die Stute auch sonst scharrte und um Leckerbissen bat. Der Doktor öffnete die Boxentür und klopfte der Stute den Hals und sagte ihr Koseworte, und seiner Frau war es peinlich, und sie stand neben mir, und sie kam sich überflüssig vor, und auch ich wußte nicht recht, was ich sagen sollte, und ich sagte: Ja, weshalb gaben Sie die Stute weg?

Der Doktor sagte, er habe die Stute familiärer Verhältnisse wegen abgegeben, und seine Augen wurden feucht, ja, er habe sich scheiden lassen müssen.

Also war die Frau, die bei mir stand, seine zweite Frau, und sie wurde sehr verlegen und beteuerte, daß ihr Mann die Stute ihretwegen nicht habe abgeben müssen, und sie machte sich schmal, um mit keinem der Pferdeköpfe in Berührung zu kommen, die in Erwartung von Leckerbissen über den Boxentüren in den Stallgang pendelten. Nein, sie habe nie etwas mit Pferden zu tun gehabt, aber sie verstünde es, daß man Pferde lieben könne, und das sagte sie laut, und es war für den Doktor bestimmt, und sie machte sich dabei immer schmaler, weil die Pferde immer zudringlicher wurden, so daß ich einschreiten und sie aus der Gasse von Pferdeköpfen herausziehen mußte.

Obwohl die Frau aus lauter junger Liebe zu dem Manne gelogen hatte, sah sie der Doktor dankbar an. Aber wenn er mich gebeten hätte, ihm die Stute zurückzugeben, so hätte ich es doch nicht getan, weil ich wußte, wie sehr die Frau gelogen hatte. Ich zog die Frau zur Stalltür hin, um sie vor weiteren unsinnigen Beteuerungen zu schützen, und ich hörte kaum hin, als sie mir versicherte, daß sie als Schulmädchen auf dem Gut ihrer Verwandten schon immer Pferde sehr gern gehabt hätte.

Als der Doktor aus dem Stall kam, sah er weder mich noch die Frau an, die jetzt seine Frau war, aber es war doch so, als ob er jemanden ansähe, und er gab sich einen Ruck und wischte sich die Augen, und dann sah er mich an, und dann sah er die Frau an, und ich wurde das Gefühl nicht los, daß seine zweite Frau weniger da war als die, die er verlassen hatte, und es mußte eine herbe, herrische Frau gewesen sein.

Wir standen eine Weile unschlüssig auf dem Hof, und die neue Frau des Doktors redete und redete, um den peinlichen Eindruck, der durch das Verhalten des Doktors im Stalle entstanden war, zu verwischen und mit weichen Worten wegzuwischen, wie man unästhetische Linien beim Kohle-Zeichnen mit Weißbrotkrumen wegwischt.

Aber da tauchte der Doktor aus seinen Gedanken auf und sagte: Wissen Sie, es war die schönste Zeit meines Lebens, als ich Rekrut bei einer berittenen Einheit in R. war. Man hatte die Pferde, hatte nichts zu verantworten und bekam befohlen, was man zu tun und zu lassen hatte, achja, es war eine gute Zeit!

Ja, nun wußte ich es genau, daß seine gehabte Frau nicht nur herb und herrisch und streng mit ihm gewesen sein mußte, sondern, daß der ganze Doktor nur mit dieser Frau möglich war.

Und die neue Frau redete wieder sanft auf ihn ein, aber er hörte es nicht, und wenn er es hörte, so glaubte er keines ihrer Worte, und als sie bei der Kutsche sagte: Wollen wir nicht einsteigen? und ihm gewissermaßen die Entscheidung darüber überließ, so hörte er auch das nicht, denn früher und bei der anderen Frau hieß es sicher: Also, einsteigen jetzt!

Der Doktor drückte mir die Hand und sagte: Die Stute, ja, die Stute, Sie wissen vielleicht nicht ..., und er holte wieder zu irgendwelchen Sentimentalitäten aus, und ich schnitt ihm, von einem Zunicken seiner neuen Frau ermuntert, unhöflich das Wort ab und wünschte ihm gutes Urlaubswetter an der See, wohin er mit seiner neuen Frau fuhr, und die Frau lächelte und sagte: Ach ja, danke, nein, es wird schönes Wetter sein. Wir sind immer Glückskinder gewesen.

Und der Doktor glaubte seiner neuen Frau natürlich auch das nicht, aber er stieg endlich in die Kutsche, und er zog seine Beine unter den Sitz, bis es nicht weiter ging, obwohl ihm niemand gegenübersaß. Aber vielleicht saß dort doch jemand, eine Frau, die mit strengen Blicken sein Einsteigen verfolgte und darauf achtete, daß er mit seinen pferdemistigen Schuhen ihren Wildlederstiefeln nicht zu nah kam.

Ein anderer Doktor

Einmal kannte ich einen Arzt, einen richtigen Landdoktor. Er war klein und lustig und zu allerlei Scherzen aufgelegt. Kinder, die nicht immer begeistert sind, wenn sie zum Arzt müssen, gingen gern zu unserem Doktor. Im Wartezimmer hingen Käfige mit schwatzenden Sittichen, und selbst im Behandlungszimmer schwammen bunte Zierfische in Aquarien umher.

Die Hauptmedikamente, die der Doktor verschrieb, waren Spaß und Lustigkeit, und nicht zufällig war er ein Tiernarr.

Eines Tages kaufte er (dort, wo wir *oben* sagen) in Mecklenburg eine Shetlandstute. Der Doktor fuhr, sie abzuholen und lockte sie mit viel Zucker in sein Personenauto, das hinten einen Laderaum hatte, also ein sogenannter *Kombi-Wagen* war.

Der Doktor fuhr an. Die Stute wurde unruhig. Der Doktor fuhr mit einer Hand am Lenkrad, während seine andere Hand die Stute über die Schulter hinweg mit Zuckerstückchen versorgte. Aber das konnte er nicht den langen Weg über tun. Seine Taschen waren nicht unerschöpflich, und er mußte fürchten, daß ihm die Stute beim Ausbleiben des Zuckers die Autoscheiben zerschlug.

In der nächsten Kleinstadt hielt der Doktor auf dem Marktplatz, beruhigte die Stute mit seinen letzten Zuckerstücken, ging in die Apotheke und verlangte ein *Beruhigungsmittel*. Wenn man Pferde transportiert, geht man nicht geschniegelt einher. Der Doktor sah ein wenig wie ein etwas heruntergekommener arbeitsscheuer Herumlungerer aus. Der Apotheker mißtraute ihm. Beruhigungsmittel sind rezeptpflichtig.

Der Doktor zog seinen Rezeptblock aus der Tasche und stellte ein Rezept aus. Der Apotheker wurde noch mißtrauischer. Er glaubte nicht an das Kind Heidi B. (Heidi hieß die Stute, und B. hieß der Doktor), für das das Rezept ausgestellt worden war. Der Doktor lud den Apotheker ein, den Patienten draußen im Auto zu besichtigen. Nicht die Spur eines Lächelns auf dem Gesicht des Apothekers, als er den merkwürdigen Patienten sah. Aber sie ist nicht in der Krankenkasse, sagte der Apotheker und sah die Stute verächtlich an. Das Beruhigungsmittel muß bezahlt werden! Nichts anderes wollte der Doktor. Er bezahlte gern. Der Apotheker war im Recht. Menschenmedikamente sind Menschenmedikamente. Aber ein Recht, das nicht mit der geringsten Ausnahme angewendet wird, schlägt leicht ins Absurde um.

Der Doktor holte aus einem Bäckerladen zwei Brötchen. Eines aß er selber, weil er hungrig war, das andere höhlte er aus und steckte die Beruhigungstabletten hinein.

Die Stute wurde müde, schlief zunächst im Stehen und tat sich eine Weile später sogar im fahrenden Auto nieder. Der Doktor brachte die Stute und das Auto heil nach Hause.

Aber die Stute schlief, schnarchte sogar. Der Doktor rüttelte sie, aber sie erwachte nicht. Es war Nacht. Konnte der Doktor allein und auf sich gestellt die Stute aus dem Auto heben? Immerhin vier Zentner. Zuviel für den kleinen Doktor.

Aber wenn die Stute erwachte und gegen Morgen doch noch die Autofenster einschlug?

Der Doktor legte sich auf dem Vordersitz des Autos schlafen. Ein Glück, das ihn kein Bösmaul sah, das berichten konnte, es habe den Doktor betrunken im Auto vor seinem Hause liegen gesehen.

Es war Sonntagmorgen. Die Sonne ging auf. Die erwachte Stute schnaubte den Doktor wach. Der Doktor öffnete die Wagentür, packte die Stute beim Halfterstrick. Keine Schwierigkeiten: Die Stute stieg willig aus, schüttelte sich und begrüßte ihre neue Heimat mit lautem Gewieher, das wohl mehr der Heimat galt, aus der sie kam.

Wieviele Umstände mit einer Sache, die nichts mit der Doktorei, Diagnose und Therapie zu tun hatte. Scheinbar, nur scheinbar. Die Kinder dankten dem Doktor, indem sie schneller gesundeten, weil sie jetzt, statt im Wartezimmer zu hocken, im Garten mit der kleinen Stute umhertummeln konnten.

Am Maiglöckchenhügel

Wenn aus den Bauerngärten die Fliederblüten duften und an den Wegen die Kastanien ihre Blütenkerzen aufstecken, reite ich zum Maiglöckchenhügel. Der Hügel hockt am Ufer des verlandenden Sees und ist eine Begräbnisstätte von Altvorderen, wie man weiß.

Seit fünfzehn Jahren reite ich um die Maiglockenzeit zu diesem Hügel. Vor der Hügelwiese sitze ich ab und führe mein Pferd am Wiesenrand entlang. Das Wiesengras duftet, die Blätter des Sauerampfers glänzen, und die Blüten der Wiesenkuhschellen nicken. Nicken sie mir zu?

Schon das fünfzehnte Mal sehe ich, wie der Wildapfelbaum seine Blütenblätter ins Gras streut, weil er Früchte ansetzte und nicht mehr mit *Aufputz* vor den Insekten prahlen muß. Auch die Wiese, der Sauerampfer, die Wiesenkuhschelle und die Maiglocken auf dem Hügel scheinen Jahr um Jahr die gleichen zu sein.

Ich bücke mich, und die Mücken lösen sich von der Unterseite der gerippten Maiblumenblätter und sausen mir ins Gesicht. Fünf Sekunden vergehen, und die Blutsauger besetzen und besitzen meinen Kopf, und für jeden Blütenstengel zahle ich mit dem Ertragen von Stichschmerzen von zwanzig Mücken. Jedes Jahr ernte ich unter der gleichen Qual meinen Maiblumenstrauß.

Von Zeit zu Zeit recke ich mich, verscheuche die Mücken und schaue über den See hin, und ich sehe, wie der Schwanenhahn wachsam vor seinem brütenden Weibchen paradiert; auch das wie vor fünfzehn Jahren, auch das wie damals, als ich zum ersten Mal hierher kam.

Der Duft der Maiglocken steigt auf. Er trägt mich fünfzig Jahre zurück: Ich ging noch nicht in die Schule, und ich trug wohl die fünfte Hose, da drang der Maiblumenduft in mein Leben. Damals wuchsen die Maiglocken auf dem Dorffriedhof. Der Kirchhof wurde nicht mehr als Versammlungsort der Dorftoten benutzt, und die Winde, die Wetter und die erdfressenden Pflanzen hatten die Grabhügel geebnet. Von Frösten gespellte Steinplatten lagen umher, und ihre verwitternde Meißelschrift verriet unwillig, wer da vergraben und wieder zu Erde geworden war. Die Ranken des Efeus umschlangen die Steine, und sie wickelten sich um die alten, vom Marke der Toten genährten Bäume, und sie überzogen die alten Steige zwischen den Gräbern, waren Falldrähte und Fußschlingen. Im immergrünen Laub des Efeus zeichnete sich eine hellgrüne Straße aus Maiglöckchenblättern ab. Sie nahm ihren Anfang am Grabstein eines früh verstorbenen Mädchens, einer *Jungfer*, wie es auf dem Steine hieß, und die Maiglocken waren von diesem Jungferngrab herunter und auf die Wallfahrt gegangen. Jedes Jahr verlängerte sich die Blätterkolonne in der Richtung zum Dorfe zu, und ihre Spitze hatte schon die Grenze des Kirchhofes erreicht, und die Maiblumen schickten sich an, auf die Dorfaue hinaus zu fahren. Es war, als hätte die verstorbene Jungfer blühende Boten beauftragt, Ausschau nach ihrem einstigen Geliebten zu halten. Hatte sie einen Burschen heimlich geliebt, der es auf diese Weise zu wissen kriegen sollte? Vielleicht lebte der Geliebte lang nicht mehr und lag auf dem neuen Friedhof begraben, oder er war treu-deutsch in einem Massengrab in der Fremde verwest.

Der Duft dieser Jungfernblumen machte, daß mich damals ein Rausch befiel, und daß ich zu rupfen und zu reißen begann: Zuerst waren es Bündel, dann wurden es Bunde, und ich lief nach Hause und holte den Familienhandwagen, belud ihn mit den zitternden Blüten und fuhr damit vor das Schneiderstubenfenster der Mutter. Es ist schwer, mit einer Freude und einem Rausch allein zu sein, am schwersten in der Kindheit, aber wie grau war mirs, als ich statt Mitfreude Entsetzen im Gesicht meiner Mutter gewahrte. Sie erlaubte nicht, daß ich die Blumen vom Hofe der Toten in ihre Schneiderstube brachte.

So kams, daß ich verschreckt auf dem Handwagen voll Maiblumen sitzenblieb, um über die Mutter und ihre Totenfurcht nachzudenken. So kams, daß ich nach all dem Geeifer, betäubt vom Duft der weißen Blütenglocken, einschlief, und das muß die Stunde gewesen sein, in der der Duft der Maiblumen für zeit meines Lebens Gewalt über mich gewann. So kams, daß ich kein Jahr, keinen Frühling vergehen ließ, ohne einen Strauß dieser Blumen zu pflücken und sie dem Menschen zu bringen, der mir der liebste ist, meiner Geliebten.

Jahr für Jahr umfängt mich beim Maiblumenpflücken der gleiche Duft, der mich vor fünfzehn Jahren umfing, als ich den Maiglöckchenhügel entdeckte; Jahr für Jahr umfängt mich dabei der gleiche Duft, der mich vor fünfzig Jahren umfing, als ich die Maiblumenstraße der Dorfjungfer entdeckte. Es sind immer andere Blumen, und doch ists der gleiche Duft wie vor fünfzig Jahren, wie vor fünfzehn Jahren, wie heute, und wie er sein wird, wenn ich *dahin* bin, immer der gleiche Duft, ewig wie das Leben. Der Duft, der mich berauschte, der sich, wenn ich etwas schrieb, in ein gutes Wort, in einen Gedanken, in einen Traum verwandelte.

Bis vor zwei Jahren kam ich alleweil ein wenig zu spät zur Maiglockenblüte auf den Hügel. Stets, wenn ich an der Vollblust des Flieders im Dorfe ablas, daß auf dem Hügel die Maiglocken blühen müßten, kam ich zu spät dorthin. Ein anderer hatte die schönsten Blütenstengel geerntet, und wie ichs auch anstellte, jedesmal war mein Vorgänger mir vorgegangen.

An seiner Spur erkannte ich, daß er ein Fahrrad durch die Wiese und auf den Hügel hinauf geschoben hatte. Manchmal war er mehrere Male vor mir dort gewesen und hatte mir nur Stiele mit hirsekorngroßen Knospen gelassen.

Einmal begegneten wir einander und grüßten uns knurrend. Das war vor fünf Jahren. Mein *Rivale* in Sachen Maiblumen war ein alter Mann aus der Kleinstadt hinter den Wäldern. Über sein Gesicht rannen Falten zum Munde hin, wie Flüsse auf einer Landkarte zum Meer rinnen. Er hatte sein Fahrrad mit Maiglöckchenbündeln bepackt, wie die griechischen Hirten ihre Esel mit Flechten bepacken: Tausend Maiglocken hingen kopfunter an der Lenkstange, an der Querstange des Fahrrades, und auch der Rucksack auf dem Gepäckständer war mit Maiblumen gefüllt bis unter die Schnur.

Es gefiel mir nicht, daß der Alte die Blumen zum Verhökern pflückte, nein, damals vor fünf Jahren gefiel es mir nicht, aber heute denke ich anders darüber, denn ich bin fünf Jahre älter geworden, und wenn mich damals enttäuschte, daß der Mann die Blumen nicht zur eigenen Freude oder für seine Geliebte pflückte, so denke ich heute auch darüber versöhnlicher. Vielleicht hatte er keine Geliebte mehr, und wenn ich an die eingerissenen Taschenecken seiner Jacke und an sein verwelktes Hemd denke, wirds mir gewiß, daß er niemand mehr hatte.

Ich hoffte ihn wiederzutreffen, aber ich traf ihn nicht wieder. Ich wußte nicht, wo in der kleinen Stadt er wohnte, und soviel ich winters dort auch nach ihm ausspähte, ich traf ihn nicht.

Auch voriges Jahr um die Maiglockenzeit fand ich seine Spur in der Wiese nicht. Um seinetwillen ritt ich dreimal zum Maiglöckchenhügel. Vielleicht hatten wir unsere Rollen nur vertauscht, und er würde dieses Jahr zu spät kommen. Aber seine Spur erschien nicht in der Wiese.

Ich redete mir ein, er wäre krank, und er würde vielleicht im nächsten Jahr wieder da sein, aber er war auch dieses Jahr nicht am Hügel, nein, er war nicht dort …

Ich bereue, daß ich ihm das Maiglockenraufen verargte. Ich bereue, daß ich ihn im stillen einen Blumenräuber nannte.

Die Maiblumenquelle sprudelt auch dieses Jahr. Er hätte seine Frühlingsfreude noch haben können; mir scheint, er war nicht älter als ich, der Alte. Der Hügel hätte uns beide weiter mit Blüten versorgt, mich mit dem Duft für meine Geschichten, ihn mit dem Duft für die Kundensträuße, die er direkter, etwas direkter austrug als ich.

Der kleine Gott oder Der Tölt

Knallrote Misthaufen links von der Landstraße hielten mich davon ab, zu einem Züchter zu fahren, der mir geschrieben hatte: Seine junge Kleinpferdstute hätte plötzlich eine vierte Gangart entwickelt. Der Züchter vermutete, daß es sich um die isländische Gangart, den Tölt, handelte. Ich sollte sehn kommen, ob es stimmte.

Ich glaubte zu wissen, in welchen Farben Misthaufen auf der Welt vorkommen dürfen. Ich wußte, daß schwarze, eisengraue, auch wachsgelbe Misthaufen erlaubt wären, aber knallrote ...? Sie bestanden übrigens aus Tulpenblüten ohne Stiele. Die Neugier bemächtigte sich meines Kopfes und schüttelte ihn.

Die Straße ins Dorf war mit roten, gelben, auch mattvioletten Blütenblättern bestreut. Das erinnerte mich an die Hochzeiten in Gutsbesitzerschlössern, ganz besonders an eine: Der Gutsbesitzer hatte seine dümmliche Tochter an den Mann gebracht. Er hatte allen Grund, die Straßen mit Blüten zu bestreuen, aber was war hier?

Aus den Vorgärten der Bauernhäuser quollen

Tulpen. Die Zaunlatten mühten sich, die Tulpenköpfe der gepflasterten Dorfstraße fernzuhalten, denn die Tulpen benahmen sich wie flügge gewordene Junghühner, die danach trachten, in die Welt hinaus zu fliegen.

Ich fragte umher: Die roten Misthaufen, die mit Blütenblättern bestreute Zufahrtsstraße, die Tulpen hinter den Zäunen – woher das alles?

Es wurde ein Name genannt, ein ganz gewöhnlicher Name, Sieber zum Beispiel. Ein Alter kam die Dorfstraße herunter. Er trug einen aufgespannten Regenschirm. Die Bespannung des Schirmes fehlte. Es waren nur noch die Stahlrippen vorhanden. Der Alte trug den Schirm, um sich die grelle Sonne vom Leibe zu halten, wie er sagte. An seinem Kinn klebte ein Bärtchen von der Größe eines grauen Nachtfalters. Er zwinkerte, zeigte auf die Blütenblätter zu seinen Füßen: Der kleine Gott hat alles, alles hat der kleine Gott gemacht.

Ich hatte schon immer gern wissen wollen, wie ein Gott aussieht, und wie so etwas dasitzt, sich nicht von der Stelle rührt, und ob nun durch Laserstrahlen oder durch noch nicht gemachte technische Entdeckungen die Welt regiert. Und wenn es schon kein großer, kein Obergott sein konnte, so wollte ich mit einem kleinen Gott vorliebnehmen, weil man in einem Zweimastenzelt mit ein bis zwei Löwen einen Begriff davon bekommt, wie es in einem Großzirkus zugeht.

Es stand ein Schloß im Park, ein vom Herrn von Knobelsdorff erdachter Bau. Dort wohnte der kleine Gott nicht. Ich traf auf ein Halbdutzend fröhlicher Männer, die auf Knobelsdorffs Treppe saßen und damit beschäftigt waren, sich gegenseitig ihre Kofferradios vorzuspielen. Lärm wie auf einem gut geleiteten Jahrmarktsrummelplatz. Ich mußte brüllen, um mich verständlich zu machen. Die Männer schalteten ihre Koffergeräte fast gleichzeitig aus. Alle Männer schienen jüngere Ausgaben jenes Mannes zu sein, den ich mit dem unbespannten Regenschirm auf der Dorfstraße getroffen hatte. Himmlische Stille, als ich nach der Wohnung des kleinen Gottes fragte. Ein halb Dutzend Zeigefinger wiesen gleichzeitig auf ein Nebengebäude.

In seiner Wohnung, die ehmals ein Pferdestall gewesen war, traf ich den kleinen Gott nicht. Er war verreist, war auf einem Lehrgang. Das wunderte mich nicht. Es gibt in der Republik keine Ausnahmen. Weshalb sollte ein kleiner Gott sich nicht auf einem Lehrgang zum Mittel- oder Großgott qualifizieren?

Der Lehrgang lief schon eine Woche. Ein gewöhnlicher Weiterbildungs- und Orientierungslehrgang für Direktoren, von denen jeder dem Staate für die Fruchtbarkeit von mehr als tausend Hektar Land verantwortlich ist und für das Vieh, das darauf lebt, und für die Milchleistungen und Milchleitungen vom Kuheuter zur Molkerei.

Ärsche von Zweizentnermännern auf einem Sechstel Quadratmeter Sitzfläche, die niederen Schulpulte sozusagen auf den Knien balancierend.

Der Dozent durchstocherte die dicke Luft des Lehrraums mit dem Zeigefinger. Noch ein zweiter Mann stand. Er stand an der Wand. Er hatte sein Kinn mit dem kurzen Vollbart angezogen und die Mundwinkel heruntergelassen, und man wußte nicht, ob spöttisch oder leidvoll. Weshalb stand er dort an der Wand? Hatte er während des Unterrichts geschwatzt? War ihm ein Hinterwind unzeitgemäß entfahren? War er eingeschlafen und sollte sich ermuntern?

Als man mir sagte, daß der Mann an der Wand der kleine Gott wäre, sprangen meine Vermutungen auf wie Flöhe: Natürlich stand der kleine Gott aus asketischen Gründen an der Wand. Götter ohne Askese sind nicht lebensfähig.

Ein Lehrgangsteilnehmer, den ich kannte und der Torero genannt wurde, weil ihm auf der Landwirtschaftsmesse einmal ein Bulle durchgegangen war, flüsterte mir zu, der kleine Gott habe Schmerzen und stünde deshalb an der Wand. Meine Vermutungen verwiesen mich auf ein anderes Gesetz der Mystik: Gottähnlich wird nur, wer ganze Haufen von Schmerzen verarbeitet hat.

All diese Vermutungen erwiesen sich als intellektuelles Selbstgeschwätz, als ich den kleinen Gott näher kennenlernte:

Bevor er wurde, was er ist, war er ein Volksgutdirektor, der Getreide und Kartoffeln anbaute und Schweinefleisch und Milch produzierte wie viele andere seines Gewerbes. Er ritt sonntags gern zu Pferde aus. Zu diesem Zwecke hatte er sich einen billigen Sattel gekauft, dessen Material schon brüchig war. Das Pferd war nicht eingeritten und benutzte die gepflasterte Dorfstraße als Rennbahn. Der morsche Sattelgurt platzte, und Sieber stürzte mit der rechten Hüfte aufs Pflaster.

Danach humpelte er mit Hüftschmerzen umher und hatte zudem ein schlechtes Gewissen, weil er sich diese Arbeitsbehinderung bei der Ausübung eines feudalen, in seiner Umgebung unangenehme Erinnerungen aufrufenden, Sports zugezogen hatte.

Und doch stieg er, als die Schmerzen nachließen, wieder aufs Pferd. Er war jung und sagte sich, daß man gegen Vorurteile ankämpfen müsse. Aber beim Reiten nahmen die Schmerzen im Hüftgelenk wieder zu. Der Arzt sagte, es handele sich um Rheuma, und Sieber sollte nicht nur in Hemd und Hose reiten. Rheuma hat jeder dritte Mensch, sagte sich Sieber und zog sich zum Reiten warm an. Aber die Schmerzen reagierten nicht auf den Wärmezuschuß.

Eine gründliche ärztliche Untersuchung ergab, daß Siebers Hüftknochen lädiert war. Der Knochen wurde eingegipst, und Sieber mußte ruhig in der Charité liegen – ein Jahr lang.

Der Aufenthalt in der Charité war für Sieber die Wüste, in die sich, wie aus der Mystik bekannt, zu begeben hat, wer ein Prophet oder ein kleiner Gott werden will. Zwar war Siebers Aufenthalt in der Wüste ein unfreiwilliger, doch die Gegebenheiten waren die gleichen wie für jene, die die *Wüste* ihrer Läuterung freiwillig betreten.

Der Sommer kam, und Sieber dachte an seine Felder, manchmal auch an das Vieh, aber öfter noch an die Blumen auf den Feldrainen neben den Straßen. Er hatte den Blumen früher nie besondere Aufmerksamkeit erwiesen. Es mußte das ewig weiße Krankenzimmer sein, das seine Augen so hungerig auf Farben machte. Zunächst half er sich damit, die

Augen zu schließen und sich die Farben der Blumen vorzustellen. Dann trat der Zufall in Aktion, wie es in der Umgangssprache heißt. In der Mystik allerdings macht man daraus eine Fügung höherer Mächte. Und vielleicht sollte man wirklich nicht allzu gering von den *höheren Mächten* denken, wenn man veranschlagt, daß die Sonne das Menschenleben gewissermaßen in der Hand hat, und die Sonne steht sehr hoch und man darf sie zu den außerirdischen Mächten rechnen!

Der Zufall erschien in Siebers Krankenzimmer in der Gestalt eines Bandes farbiger Reproduktionen slawischer Volkskunstmuster. Fortan brauchte Sieber nicht mehr die Augen zu schließen, um sich Farben von draußen in sein Krankenzimmer zu holen.

Er verspürte Lust, selber mit Farben zu hantieren. Er entwarf Blumenmuster, und später verzierte er kleine Gebrauchsgegenstände, Nähschatullen, Holzteller, Büchsen und Schachteln. Schachteln und Holzteller hatten ihr nützliches Dasein zwar bisher nicht schlecht ohne draufgemalte Blumen verbracht, aber Sieber fand, daß zu ihrer viereckigen und runden Nützlichkeit ganz gut etwas hinzugetan werden konnte. Er war ein Mann, der unter Langweile und Farbendurst litt, und wer das Verzieren von Gebrauchsgegenständen mit Blumen nicht unbedingt für notwendig hielt, würde es ihm verzeihen.

Aber es gab viel mehr Menschen, die die Belastung von Gebrauchsgegenständen mit Farben für schön hielten, als Sieber annahm. Man kaufte sie ihm ab. Das erweckte in Sieber das Gefühl, wieder ein wenig nützlich zu sein.

So ging das ganze Jahr herum. Das Leben mit seinen echten Blumen lockte. Sieber hatte geglaubt, gleich los und auf seine Äcker rennen zu können, wenn man ihn aus dem Gips geschält haben würde. Statt dessen wurde er vollinvalid geschrieben. Sein längster Spaziergang blieb für lange Zeit der bis auf den Balkon seiner Wohnung. Längere Ausflüge verhinderten sein Bein und seine Hüfte.

Das Volksgut verwaltete ein Vertreter. Seine Frau kochte wie früher für die Mannschaft des Betriebes, die zum Teil aus sogenannten harmlosen Geisteskranken bestand.

Sieber kroch mehr, als er ging, hielt die Wohnung in Ordnung, räumte auf, wischte Staub und bohnerte, um sich ein wenig nützlich zu machen. Die meiste Zeit mußten Hüfte und Bein noch ruhen, und Sieber benutzte die Zeit, um alte Schränke, Truhen, Bettgestelle und Regale mit Blumen zu bemalen. Dabei striegelte er seine Zukunftspläne. Er dachte sich aus, wie er den Blumen nahbleiben könnte, wenn er die Leitung des Volksgutes wieder übernehmen würde. Er sah Felder voll Blumen.

Seine Träume machten ihn ungeduldig. Seine Ungeduld suchte nach Gelegenheit, seinem Vorhaben näherzukommen, und fand sie: Er stand auf dem Balkon. Um es genau zu sagen, er schüttelte den Staublappen aus. Unten trieb der Hirt die Milchrinderherde im Galopp von der Weide. Die Milchleistung der Rinder war zu gering, wußte Sieber, und hier dieser Kuhgalopp, daß die Milch aus den Eutern spritzte. Milchrinder sind keine Rennpferde, brüllte Sieber vom Balkon.

Du hast mir nichts zu sagen, brüllte der Rinderhirt zurück.

Sieber fühlte, daß er nicht mehr zählte, daß er ausrangiert war. Als Leiter zählte nur, wer auch das entsprechende Gehalt empfing. Er erhielt Rente, war ein fünfunddreißigjähriger Großvater.

Er erbat sich das Personenauto des Betriebes und ließ sich zur Verwaltung der Volksgüter in die Bezirksstadt fahren.

Ich übernehme den Betrieb wieder.

Ab wann? Man betrachtete den lahmen Sieber.

Ab sofort!

Man verwies ihn auf seinen Zustand. Es wäre

noch nicht Zeit, ihm die Leitung des Volksgutes schon wieder zu übertragen.

Sieber wollte, wollte, wollte.

Schließlich gaben die Kollegen von der Verwaltung nach. Spätestens in einer Woche würde Sieber selber einsehen, daß es noch nicht ging.

Er ließ sich einen alten Dogcart herrichten. Das Pferd, das ihn zum Invaliden gemacht hatte, zog ihn jetzt über die Felder. Er war, wo er sein mußte.

Der Volksgüterverwaltung konnte es gleich sein, wie er seinen Dienst versah, auf zwei Beinen oder auf zwei Rädern. Oder nicht? Doch!

Der Blumentraum setzte ihm zu. Er begann damit, ihn auf zwei Hektar Land ganz für sich und wohl auch ohne die Erlaubnis der Volksgutverwaltung zu verwirklichen. Vielleicht wußten die Kollegen auch von seinem nicht genehmigten Experiment, doch man war nachsichtig und bewunderte Siebers Willen.

Er ließ das Versuchsland mit Tulpenzwiebeln bepflanzen, und nach einiger Zeit gabs auf dem Volksgut, wo einst Kartoffeln gewachsen waren, zwei Hektar blühender Tulpen. War das zu verantworten? Bedeutete das nicht den Ausfall einer Menge Schweinefleisch? In seiner Krankenstube hatte er der Nützlichkeit etwas Schönheit hinzugefügt, hier aber brauchte er die Nützlichkeit für Schönheit auf.

Wieder wurden Menschen, die bei allem Nützlichkeitsstreben die Schönheit nicht vergaßen, seine stillen Verbündeten. Man riß ihm die Tulpen gewissermaßen aus den Händen und bezahlte sie gut, als ob es Spargel oder Erdbeeren wären. Tulpen – Leckerbissen für die Augen.

Siebers Traum war hervorgetreten. Der Einzug der Blumen in sein tägliches Tun hatte stattgefunden. Aber sein Bein und seine Hüfte begehrten wieder auf. Am Bein öffnete sich, wie ein Mund, eine Wunde und spie Knochenteilchen des zerschmetterten Hüftgelenks aus.

Sieber mußte wieder ins Krankenhaus. Wieder brauchte es seine Zeit, bis sich die Wunde schloß, wieder verlebte er eine Zeit mit gemalten Blumen. Seine Gedanken umkreisten das hektargroße Tulpenfeld auf dem Volksgut, und seine Träume erweiterten es zu einer Tulpenlandschaft bis an den Horizont.

Endlich schloß sich die Wunde am Bein, und er konnte zurück. Sein heimliches Tulpenfeld ähnelte in keiner Weise mehr seinem Traum. Es war verwahrlost. Der Vertreter hatte seine Kraft in die nützlichen Feldfrüchte gesteckt. Wars ihm zu verübeln? Niemand kann in die Träume eines anderen schlüpfen.

Sieber hatte sich im Krankenhaus einen neuen Auftrieb für sein Vorhaben mit den Tulpen erdacht: Er ging davon aus, daß Tulpen einem Lande wie Holland, wo man ihre Schönheit intensiv bewirtschaftete, gute Einnahmen verschafften. Sollte es in seiner Republik nicht Wissenschaftler geben, die Gleiches für ihr Land anstrebten? Er fand sie und unterstellte seinen Blumentraum ihren Forschungen und Experimenten. Oder wars eine der angestrebten Wechselwirkungen zwischen Wissenschaft und Praxis?

Drei Hektar, vier Hektar Tulpen. Tassen aus Blütenblättern, voll Tau am Morgen, voll Bienen am Mittag, voll Schönheit, wenn sie in Vasen in tausend Stuben standen.

Aber die Schmerzen meldeten sich wieder. Die Wunde, die soviel Zeit gebraucht hatte, sich zu schließen, mußte von den Ärzten wieder geöffnet werden. Sie spie halbverweste Knochenteilchen aus, und Siebers Schmerzen nahmen ab. Es zeigte sich, daß diese Wunde würde offenbleiben müssen, um Sieber größere Schmerzen zu ersparen.

Er kam also diesmal mit einer Wunde aus dem Krankenhaus, deren Verband täglich zweimal gewechselt werden mußte.

Zwiebeln auserlesener Tulpen fanden den Weg auf

Siebers Kartoffelfelder. Ein kleines Quantum nur, weil sie teuer waren und viel Geld in fremder Währung kosteten. Tulpen mit gezackten Blütenblättern, Raritäten. Sieber vermehrte sie.

Sechs Hektar Tulpen, acht Hektar Tulpen, zehn Hektar Tulpen. Jetzt setzte Sieber nicht nur seinen Traum in Wirklichkeit um, sondern er erfüllte auch die Träume der Blumen. Er nahm den Kampf um die Unabhängigkeit von der Witterung auf. Am Feldrand wurden Brunnen gebaut, ein Brunnen am anderen. Wasserleitungen wurden in die Tulpenfelder gelegt, Pumpen begannen zu arbeiten, Sprüher zu kreisen. Der Traum der Tulpen vom Regen zur rechten Zeit erfüllte sich.

Sieber sammelte Erfahrungen. Sie verliehen ihm zuweilen den Anschein von Brutalität, so zum Beispiel, wenn er die blühenden Tulpen köpfen ließ, um das Wachstum der Knollen zu begünstigen. Daher stammten die roten Misthaufen am Wirtschaftswege.

Ein Jahr – und aus den Knollen der geköpften Tulpen entstanden mehr und prächtigere Blüten.

Zwölf Hektar Tulpen, vierzehn Hektar Tulpen. Siebers Blumentraum floß über die Grenzen des Landes. Ausländische Tulpenzüchter verlangten nach Tulpenzwiebeln aus seiner glücklichen Hand. Geld in ausländischer Währung, das einst hatte ausgegeben werden müssen, floß vervielfacht in sein Land zurück.

Im alten Gutspark, nah beim Schlößchen, das Knobelsdorff erbaute, entstand ein Tulpenhaus, wie sichs nur Millionäre erbauen lassen können. Automatische Knollensortiermaschinen, Knollenlagerräume, die automatisch auf die Bedürfnisse der Winterschlaf haltenden Knollen reagieren, andere Räume, in denen den Tulpen mitten im Winter Blüten abverlangt werden. Jene Blüten, die an den Holzfüßen von Rednerpulten und an den Emporen von Tagungspräsidien davon zeugen, daß der friedliche Mensch es in der Hand hat, aus Wintern Sommer zu machen, wenn er die Naturgesetze für friedliche Vorhaben nutzt.

Ein Mann hat die Landschaft um ein Dorf herum verändert. Wo einst die schlichten Blüten der Kartoffeln und die blanken Blätter der Rüben im Sommerwind wehten, stehn Blumen. Unbestimmbar wie der Bestäubungseffekt der Bienen bei den Feldfrüchten ist der Nutzen der Schönheit im menschlichen Leben. Ihre Unmeßbarkeit verleitet, sie als nicht unbedingt erforderlich zu betrachten.

Der Nutzen von Siebers Blumentraum wurde meßbar: Ein Hektar Feldmark, mit Feldfrüchten bepflanzt, brachte zehntausend Mark Einnahmen, ein Hektar Feldmark, mit Tulpen bepflanzt, bringt sechzigtausend Mark Einnahmen.

Noch immer ist Siebers Bein nicht heil. Wo er es nicht weit von sich strecken kann, dort kann er nicht sitzen. Er steht dann, wie auf dem Lehrgang zum Beispiel. In sein Arbeitszimmer hat er sich ein Podest bauen lassen. Auf dem Podest stehen ein alter Stuhl und ein alter Schreibtisch. In das Podest hat sich Sieber ein Loch sägen lassen. Dahinein steckt er das kranke Bein, als ob es nichts mehr über der Erde zu suchen hätte. Manchmal kraust er die Stirn beim Reden. Dann schmerzt das Bein, und er muß es umlagern. Man fragt sich, ob das immer so bleiben soll: Schmerz und Schönheit so nah beieinander.

Die Antwort ist schwer zu finden, und was mich betrifft, so hab ich sie noch nicht gefunden. Was aber die Stute anbetrifft, um die ich an jenem Tage ausfuhr, so hat sie wirklich eine vierte Gangart entwickelt. Ich überzeugte mich davon: sie *töltet.*

Greise Rivalen

Sie heißen Alfons Wonnemond und Richard Rettig. Wonnemond ist fünfundsiebzig Jahre, Rettig fünfundsechzig Jahre alt. Beide sind Rentner. Rettig hat eine magere, kleine, abgeschuftete Frau, ist Großvater einer zahlreichen Familie, ist dick, blau im Gesicht und herzkrank.

Wonnemond ist Witwer, hat einen leis idiotischen Sohn und eine ebensolche Schwiegertochter. Bei ihnen lebt er. Wonnemond-Sohn Walter hat eine Liebste und kommt zuweilen nicht heim. Wonnemond-Vater tröstet die Schwiegertochter, tröstet sie auch im Bett.

Wonnemond-Vater und Rettig-Vater sind Freunde. Wenn das Wetter gut ist, spazieren sie zusammen in den Wald. Rettig-Vater zeigt mit dem Gehstock auf Pfifferlinge. Er darf sich nicht bücken. *Sein Herz ist zu flach.*

Wonnemond-Vater sammelt die Pfifferlinge. Er ist ein alter Bürokrat und zählt, wie oft er sich um ein Bündel Pfifferlinge bücken mußte.

Rettig-Vater holt seinen Spazierfreund Wonnemond-Vater ab. Bevor sie losschlendern, greift

Wonnemond-Vater der Schwiegertochter unter den Rock und an den Schoß.

Das ist doch alles mein da unten!

Ja, ja, sagt die Schwiegertochter.

Rettig-Vater geht umher und erzählt das Stückchen. Pfui Teufel, der Wonnemond-Vater! In seinem Alter!

Vielleicht ists aber nur dunkle Eifersucht, die sich da in Rettig-Vater regt. Auch er hat wohl noch Anfälle von Mannbarkeit. Seine Frau ist alt, dürr und abgehetzt. Die Wonnemond-Vater-Schwiegertochter ist zwar auch dürr, flach und hat matte Idioten-Augen und klappert mit ihrer Zahn-Prothese, aber sie ist jung – Mitte der dreißiger Jahre.

Rettig-Vater holt seinen Waldgang-Kumpel jetzt nach dem Mittagessen ab. Er weiß wohl, daß Wonnemond-Vater zu dieser Zeit sein Mittagsschläfchen macht; allein, ihm gehts ja um die dürre Lene. Er hat da was gesehn, was ihn täglich mehr und mehr erregt. Soll er nicht mehr leisten können, was Wonnemond-Vater sich leistet, der zehn Jahre älter ist als er?

Rettig-Vater kommt mit der dürren Lene ins Geschäft. Er kommt jetzt des öfteren seinen Waldlauf-Kumpel Wonnemond-Vater abholen, wenn der seinen Mittagsschlaf rasselt, denn er hat jetzt immer öfter Anfälle von Mannbarkeit.

Aber so recht sicher fühlt er sich mit der dürren Lene nicht, obgleich der Wonnemond-Vater schläft.

Rettig-Vater hat einen Einfall, gleich zwei Einfälle. Er will das Lenchen ein wenig feurig füttern. Seine Mannbarkeitsanfälle verlangen das. Er will aber auch das Lenchen für sich allein haben, ohne den schnarchenden Wonnemond-Vater in der Nebenstube. Er versteckt zwanzig rohe Hühnereier im Walde bei den Sumpflöchern und lauert draußen im Garten, auf der Ziegenkoppel oder in den Sträuchern auf die dürre Lene. Die dürre Lene ist mit sich beschäftigt wie alle Halbidioten. Sie ist in sich versunken und freut sich auf irgend etwas.

Pfüoofitt, sittsitt! macht Rettig-Vater hinter den Sträuchern.

Die dürre Lene hört nicht sogleich.

Pfüoofitt! Rettig-Vater wird mutiger. Lenchen, Lenchen, im Walde sind Eier, frische schöne Hühnereier. Eine Henne hat dort wild gelegt. Hol sie dir, Lenchen.

Lenchen macht sich auf den Weg nach den Hühnereiern. Weshalb nicht? Sollen sie verkommen?

Rettig-Vater begleitet Lenchen, damit sie das Nest auch findet. Sie findet das Nest und noch etwas mehr. –

Die Sache läßt sich an. Rettig-Vater hat ein System

gefunden. Er braucht den schnarchenden Wonnemond-Vater in der Nebenstube nicht mehr zu fürchten. Er versteckt wieder zwanzig Eier, aber soviel er auch lauert und lauert, die dürre Lene läßt sich nicht sehn.

Nein, sie läßt sich nicht sehn, denn inzwischen hat der Wonnemond-Vater einen Anfall von Mannbarkeit. Er greift Lene unter den Rock und an den Schoß. Ist doch alles mein, wie?

Lene hingegen hat einen Anfall von fraulicher Eitelkeit. Nana, wer weiß?

Wonnemond-Vater wird von der Eifersucht heimgesucht. Wem gehört das noch?

Das naive Lenchen erzählt, wem das noch gehört.

Wonnemond-Vater wird von der Eifersucht gebeutelt. Wo hat er die Eier versteckt?

Lene führt Wonnemond-Vater zum Eier-Versteck. Wieder liegen Eier dort. Sie sind faul geworden, weil sie zu lange auf die Liebe haben warten müssen.

So ging die Freundschaft der beiden Waldläufer-Kumpel zu Ende. Der betrogene Wonnemond-Vater geht umher und erzählt die Eier-Geschichte.

Ich will nichts mehr von ihm hören. Er ist nicht zu mir gekommen, zur Lene ist er gekommen.

Das Gras wird grau und die Sonne bebrütet die Liebeseier im Liebesversteck.

Die Cholera

Da wußte er, daß er die Cholera hatte, und daß es seine letzte Reise gewesen war. Es war, als hätte er im Televisor einen Titel aufblitzen gesehn: *Die letzte Reise.* Danach kam nichts, keine Sendung, oder es hatte jemand am Einstellknopf des Apparates gedreht. Jedenfalls gabs nur diesen Titel und dann Flimmern; seine Schmerzen nahmen ihn in Anspruch, den Stellvertretenden Minister.

Es war abends acht Uhr, und seine Frau wollte ihn begrüßen, und die Kinder quirlten aus der Stube und wollten sich ihm an den Hals werfen, doch er winkte mit beiden Händen ab: Faßt mich nicht an!

Er war aus Indien gekommen, hatte seinen Koffer in der Diele abgestellt und seine, die Umarmungen abwehrenden, Hände hatten gleichzeitig nach der Klinke der Toilettentür gesucht. Er hatte sich rückwärts, müde lächelnd und nach Entschuldigung heischend, in die Toilette geschoben und konnte nur mit einem Stöhnen, das ein Warnruf hätte werden sollen, wahrnehmen, wie die Kinder seinen Koffer in die Stube schleiften.

Er blieb über eine Stunde auf der Toilette und beantwortete die Anfragen der Kinder stöhnend hinter der verschlossenen Tür. Wenns ihm ein wenig besser ging, dachte er an den Koffer; daß er den Kofferschlüssel in der Hosentasche hatte, wollte als Trost nicht anschlagen: die Kinder hatten den Koffergriff berührt – das genügte.

Als er sich fähig fand, ohne allzu große Bedrängnis ein paar Schritte zu tun, ging er in die Diele. Dort erwartete ihn seine Frau, blaß, mit fragenden Augen.

Er wehrte auch sie ab: Ihm sei gar zu übel, er müsse zu Bett, schnell zu Bett, und er wüßte nicht, was für eine Übelkeit über ihn gekommen wäre.

Aber gegen Morgen, als er seine und die Nacht der Frau durch wiederholte Gänge auf die Toilette zerstückelt und schlaflos gestöhnt hatte, sagte er: Es ist am Ende die Cholera, und er bat die Frau, im Regierungskrankenhaus anzurufen.

Die Frau rief an und dachte: Er ist geimpft worden, ehe er fortfuhr, er wurde doch geimpft, und wozu hat man ihn geimpft, wenn er nun doch die Cholera mitgebracht haben sollte?

Das Krankenauto kam sehr früh. Es war noch dunkel draußen. Die Schmerzen des Stellvertretenden Ministers hatten so zugenommen, daß er sich nicht mehr erheben mochte.

Es war ein Kraftfahrer gekommen, und als der Stellvertretende Minister ihn stöhnend bat, die Bahre hereinzuholen, erfuhr er, daß keine Bahre vorhanden war. Es ist mir neu, daß Ruhrverdächtige eine Bahre benötigen, sagte der Fahrer.

Die Disziplin des Stellvertretenden Ministers war trotz der Schmerzen intakt: Ach ja, sie haben es im Regierungskrankenhaus untertrieben, dachte er, und sie haben es nicht einmal dem Fahrer gesagt, worum es sich wirklich handelt. Sie wollen keine Panik, und das ist richtig.

Er zog sich mühselig an, und er duldete nicht, daß ihm seine Frau oder der Fahrer dabei halfen. Er versuchte, die Rolle des Ruhrverdächtigen so gut zu spielen, als es ging.

Zusammengekrümmt saß er hinter den matten Scheiben des Krankenwagens. Er sah das weinende Gesicht seiner Frau zum letzten Male, und er sagte unter Mühen: Daß sie so schmerzhaft ist, diese läppische Ruhr, diese zweitrangige Krankheit!

Der Fahrer schloß die Tür, und sie fuhren ins Seuchenlager. Durch die Rückscheibe sah der Fahrer von Zeit zu Zeit auf seinen *Fall von Ruhrverdacht.* Er sah, wie der Stellvertretende Minister sich krümmte, und er hörte, wie er stöhnte.

Der Fahrer bekam trotz der Stumpfheit, die jedem

Krankentransporteur zuwächst wie dem Transportarbeiter Schwielen, Mitleid mit seinem *Fall*, und um den schmerzgeplagten Mann ein wenig zu trösten, versprach er ihm, den Weg abzukürzen. Das Seuchenlager befand sich hinter dem Gelände einer Gasanstalt, und der Fahrer fuhr über dieses Gelände an Kokshaufen und Gasometern vorbei, und sie gelangten zum hinteren Eingang der Seuchenstation. Beim Aussteigen wollte der Fahrer seinen *Fall* sogar stützen, doch die Disziplin des Ministers war noch wach, und er wehrte sich dagegen: Nein, mit dem bißchen Ruhr werde ich allein fertig!

Die Sekretärin im Einlieferungsbüro hieß den Stellvertretenden Minister auf den diensthabenden Arzt warten. Der Kranke tat auch das, wahrte Disziplin und krümmte sich vor Schmerzen; denn auch die Sekretärin schien in den wirklichen Sachverhalt nicht eingeweiht zu sein, und es mußte aus diplomatischen Gründen sicher alles so gehandhabt werden, wie es gehandhabt wurde.

Aber der diensttuende Arzt ließ auf sich warten, und die Disziplin des Kranken drohte zu zerbrechen, und damit sie es nicht tat, machte er von seinem Titel Gebrauch, und es war ein kleiner Trost für ihn, daß Titel auch in seinem Staate noch Zauberkraft besaßen.

Der diensttuende Arzt erschien. Er stellte fest, daß er den vom Regierungskrankenhaus avisierten Fall vor sich hatte, schüttelte sich und forderte als nächste Reaktion die Bestrafung des Krankenwagenfahrers, der in einer unzuständigen Anwandlung von Mitleid die Kontrolle am Haupteingang des Lagers umfahren hatte.

Nun sah der Stellvertretende Minister, wie ernst sein Fall genommen wurde. Man begann sofort das Einweisungsbüro zu desinfizieren, die Akten, die Karteikästen. Die Sekretärin sah dem Stellvertretenden Minister nicht sehr liebevoll nach, als der *abgeführt* wurde.

Die Insassen des Seuchenlagers wohnten in Baracken. Im Kranken- und Sterberaum des Stellvertretenden Ministers befand sich ein wackeliges Bett, ein klapperiger Stuhl und ein altes Nachtschränkchen. Stuhl, Bett und Nachtschränkchen trugen bereits in Form von rosaroten Leukoplaststreifen, auf die der Name des Stellvertretenden Ministers mit Kopierstift geschrieben war, den Hinweis, was mit ihnen zu geschehen hätte, wenn der *Fall* erledigt wäre. Er fand das richtig. Sollte man nach seinem Tode kostspieliges Mobiliar verbrennen müssen?

Er hängte seine Kleider an einen rostigen Nagel, der für diesen Zweck in die Barackenwand eingeschlagen war, und er fand, daß auch das seine ökonomische Berechtigung hätte, doch als er sich auf das zwanzig Mal geflickte und etwas angeschmutzte Laken seines sogenannten Bettes legen sollte, stutzte er ein wenig.

Präparate mit dem Darminhalt des Stellvertretenden Ministers wurden in Eiltransporten zu Instituten an vier verschiedenen Orten der Republik gebracht. Es gab im ganzen Lande nur einen Arzt, der in seinem Leben und in seiner Praxis einmal im Ausland mit einem Cholerakranken zu tun gehabt hatte.

Der Stellvertretende Minister war trotz aller Pein objektiv genug, das als einen Ausdruck vom sanitären Bestzustand seines Staates zu werten, als ihn jedoch ein paar Stunden später die Schmerzen mehr und mehr zermürbt hatten, fand er es merkwürdig, daß er vielleicht an einer Krankheit sterben würde, die in seinem Staate nicht bestimmt werden konnte.

Der Fahrer, der den Stellvertretenden Minister am Abend zuvor vom Flugplatz abgeholt, und der Kollege, der ihn dort begrüßt hatte, sie wurden mit ihren Familien in Quarantäne gesetzt, und auch die Familie des Stellvertretenden Ministers lag in Quarantäne. Man hätte noch ein übriges tun und die Leute ermitteln müssen, die im selben Flugzeug mit dem Choleraverdächtigen geflogen waren, und wenn man berücksichtigte, daß sich der *Verdächtige* bei einer Zwischenlandung in Prag aufgehalten und in der Schweiz das Flugzeug gewechselt hatte, so hätten unerhört viele Maßnahmen eingeleitet werden müssen, und während man erwog, ob man sie einleiten sollte oder nicht und dann doch erst auf das Untersuchungsergebnis warten wollte, lag der Mann, um dessen Bakterien sich alles drehte, in seinem knarrenden Bett in der Seuchenstation. Sobald es ihm ein wenig besser ging, regte sich sein Optimismus, und er war fähig, klar zu denken, ja, es stellten sich sogar Prestigeforderungen bei ihm ein. Wenn er auf die Kleider am rostigen Nagel sah, dachte er: Also nicht einmal einen neuen Nagel bist du mehr wert, und dieses fleckige, geflickte Bettuch!

So wars also, wenn die Funktion erlosch, und sie erlosch in dem Augenblick, in dem man zugab, daß man krank war und sich nicht an den Platz begeben konnte, den einzunehmen die Funktion erforderte. Er war jetzt nichts als ein Sterbender und erst, wenn er tot war, würde man eine Menge Dank auf ihn häufen, von dem er nichts mehr haben würde.

Man hatte ihm eine alte, hinkende Schwester beigetan, die ihn zu betreuen hatte, einen rostigen Nagel in Menschenform. Sie brachte ihm das Wenige, was er noch zum Leben brauchte, und sie trug das

Wenige fort, was er noch von sich gab, und sie mußte für ihre Gänge von und zu ihm einen abgesperrten Weg durch die Baracke benutzen und durfte seine geringen Wünsche nur durch Zuruf an Pfleger und Mediziner weitergeben. Als sie den Stellvertretenden Minister einen Tag lang auf diese Weise betreut hatte, war sie schon nicht weniger *aussätzig* als er, und er sagte in einem schmerzarmen Augenblick zu ihr: Man hat uns aufgegeben, Mütterchen!

Aber die alte Schwester, die ja einen *Fall von Ruhrverdacht* betreute, wie sie meinte, tröstete ihn. Es war ein merkwürdiger Trost von einem wahrscheinlich gottgläubigen Weiblein, und weil die Schwester nicht wissen konnte, was der Stellvertretende Minister zu wissen glaubte. Das war fast symbolisch für das Leben des Stellvertretenden Ministers, der immer etwas mehr gewußt hatte, als er äußern durfte, solange sich die Vorgänge in der Entwicklung befanden.

In anderen schmerzarmen Augenblicken dachte der Stellvertretende Minister an seine Kindheit, und er konnte keinen Sinn darin sehn, daß er, der mecklenburgische Gutsarbeiterjunge, Stellvertretender Minister werden und nach Indien hatte reisen müssen, um sich dort die Cholera zu holen und dran zu sterben. Und wozu das alles, was er erlebt hatte, bis er Stellvertretender Minister wurde? Wozu die Erfahrungen, die er dabei gemacht hatte? Wer würde zum Beispiel nachher noch wissen und danach fragen, daß er es war, der die indischen Landwirtschaftspolitiker freundlich für sein Land gestimmt hatte?

Er hatte, als er noch gesund war, ab und zu dran gedacht, seine Erlebnisse und Erfahrungen im Lande und auf Dienstreisen in fremden Ländern so niederzuschreiben, als ob er sie seinen Enkeln erzählen würde. Genau genommen, hatte er einmal im Urlaub begonnen, eines von seinen Erlebnissen niederzuschreiben, doch das wuchs sich zu einer Höllenarbeit aus. Er nahm es sehr genau dabei, und es kam ihm vor, als ob ihm beim Schreiben viele Leute über die Schulter sähen, ob er auch alles richtig sagen würde, und so kams, daß er oft nicht die Kraft aufbrachte, zu sagen, was er sagen wollte, und daß er nach einer Weile nicht mehr erkennen konnte, was wichtig war und die Geschichte förderte, und was unwichtig war. Zum Schluß war alles, was er aufgeschrieben hatte, langweilig und selbstverständlich wie das tägliche Essen, das tägliche Rasieren und Ankleiden.

Er fühlte jetzt sehr, daß die Tatsachen und die Taten eines Menschen anfällig für die Krankheit sind, die man Vergessen nennt, und daß sie nach dem Tode des Menschen vergehn wie Schatten in der Sonne, wenn man sie nicht aufschrieb oder aufschreiben ließ, damit sie noch ein wenig länger da waren und nutzten, wenn man tot war.

Und er ging sogar so weit zu denken, daß er vielleicht unter den Aufschreibern von Lebenserkenntnissen hätte einen Freund haben sollen, der ihm hätte helfen können, seine Erkenntnisse über den Tod hinauszuheben. Ja, er bereute, daß er nicht einmal den Versuch gemacht hatte, eine Freundschaft mit einem jener Aufschreiber zu riskieren.

Das alles dachte der Stellvertretende Minister nicht so zusammenhängend, wie es hier notiert ist. Er dachte es in den schmerzärmeren Augenblicken einiger Tage, und die schmerzfreieren Augenblicke wurden von langen schmerzvollen Lebensstrecken abgelöst, die das Vorhergedachte für nichtig erklärten, weil die Hauptfrage war, ob er am Leben bleiben oder sterben würde.

Er verfluchte den Augenblick, da er dem Drängen des indischen Landwirtschaftspolitikers nachgegeben hatte, inoffiziell ein indisches Nachtlokal aufzusuchen. Es hatte dort schöne Frauen gegeben, aber nicht die waren es, die ihn jetzt in das Niemandsland zwischen Leben und Tod gedrängt hatten; es war ein Gastmahl gewesen, das landesüblich mit bloßen Händen eingenommen werden mußte. Er hatte die Tradition nicht mißachten können, sonst hätte er die Gastgeber verletzt und deren Sympathie für ihn und das Land, das er vertrat, geschmälert.

Aber wem von den Ärzten der Stellvertretende Minister auch erzählen mochte, aus welchem Grunde er plötzlich mit bloßen Händen gegessen hatte, er erntete nur ein Schmunzeln und höchstens die Allerweltsbemerkung: Pech gehabt! Niemand wertete das Essen mit bloßen Händen als einen tragischen Akt von Selbstaufopferung zugunsten der *Republik.* Und das war doch wirklich so, und das zum Beispiel hätte der Stellvertretende Minister gern aufgeschrieben gesehn, bevor er starb, und er wurde immer mehr gewahr, wie sehr Sterben und Aufschreiben miteinander gekoppelt waren.

Und, um es endlich zu sagen: Er mußte nicht sterben, er starb nicht, der Stellvertretende Minister. Nach schmerzvollen Tagen, die er durchlebt hatte, erschienen die Ärzte mit glücklichen Gesichtern in seiner Stube, die plötzlich keine Sterbestube mehr war, und eröffneten ihm, daß er vor seiner Abfahrt nicht erfolglos gegen die Cholera geimpft worden wäre, daß er sich aber eine Pseudocholera geholt und Verdienste in bezug auf die Medizin der *Republik* erworben hätte: Jene Pseudocholera wäre den Medizinern der sauberen Republik nur aus Büchern bekannt gewesen, doch jetzt habe man Gelegenheit gehabt, ihren Erreger mobil und inmitten bester Lebensbedingungen zu beobachten, und jetzt könne man ihn auch vernichten.

Der Stellvertretende Minister wurde wieder gesund. Einige Wochen später reiste er in die Sowjetunion, und als er von dort zurückkehrte, nach Afrika, und sein angegriffener Herzmuskel reagierte nicht sehr freundlich drauf, und als er von Afrika zurückkam, reiste er bald nach Bulgarien, und das alles nicht zu seinem Vergnügen, wie wir sahen.

Die Unterschlagung

Der alte Mann geht einkaufen. Er kauft in der Kaufhalle ein. Er packt ein Brot, fünf Pakete Reis, drei Gläser Marmelade, drei Pakete Haferflocken und zuletzt fünf Flaschen milcherne Flüssigkeit in seinen Drahtkorbschiebewagen. Die milcherne Flüssigkeit hält er für Joghurt. Die Flaschen haben einen lilablauen Verschluß. Der alte Mann schiebt seinen Wagen an die Kasse. Die Kassiererin tippt die Waren ein, die er gekauft hat.

Das ist doch Joghurt? sagt der alte Mann. Er tippt auf die Flaschen mit milcherner Flüssigkeit, die er eingepackt hat

Nein, das ist Sahne, sagt die Verkäuferin.

Ich dachte, es wäre Joghurt, sagt der alte Mann, und es ist ihm peinlich.

Saure Sahne wollten Sie also nicht, sagt die Verkäuferin.

Nein, sagt der alte Mann, aber nun ists schon gleich, sagt er, weil es ihm peinlich ist.

Wieso, brauchen Sie doch nicht zu nehmen, sagt die Verkäuferin, saure Sahne, wenn Sie keine brauchen.

Aber Joghurt hab ich da vorn nicht gesehn, sagt der alte Mann.

Es muß aber Joghurt da sein, es ist heute hier schon welcher durch die Kasse gegangen, er kann nicht alle sein, es ist noch nicht einmal neun Uhr.

Ja, aber was dann, sagt der alte Mann, und peinlich ist es ihm immer mehr.

Kehren Sie um, sagt die Verkäuferin, sehen Sie nach, ob nicht doch Joghurt da ist. Die saure Sahne, die ich eingetippt habe, ist freilich teurer als Joghurt. Fünf Flaschen Joghurt, fünf Flaschen saure Sahne, die Preisdifferenz beträgt vier Mark und vierzig Pfennige. Wenn Sie den Joghurt gefunden haben, nehmen Sie noch etwas im Werte von vier Mark und vierzig dazu, und wir sind einig. Fahren Sie, wenn Sie zurückkommen, von links her zu mir an die Kasse, ich werde Bescheid wissen, und wir werden einig sein.

Der alte Mann kehrt um und sucht weiter nach Joghurt. Es ist und ist kein Joghurt da, er stellt die fünf Flaschen saure Sahne in den Kasten zurück, aus dem er sie genommen hat. Er packt noch einmal fünf Päckchen Reis in seinen Karrenkorb und rechnet, das wäre ungefähr die Summe, die er bei der Kassiererin guthätte. Die vierzig Pfennig wird er ihr schenken. Man wühlt nicht mehr im Kleingeld an der Kasse, hat er gehört, man rundet jetzt auf. Es ist schon üblich, die Kassiererinnen erwarten es.

Die Kaufhalle ist groß, es gibt vier Kassenstände, aber nur an einem wird kassiert. Die Kundenschlange vor der Kasse ist lang, ein Korbwagen, ein Kunde dahinter, ein Korbwagen, ein Kunde dahinter und so die ganze Schlange lang, man kann es auch umgekehrt sehen: ein Kunde, einen Korbwagen am Hintern, wieder ein Kunde, und der hat einen Korbwagen am Hintern, es gibt immer diese zwei Möglichkeiten, etwas zu sehen.

Der alte Mann fährt von links an den Stand der Kassiererin heran, in der Kundenschlange wird gemurrt, der Alte weiß wohl nicht, was hier üblich ist.

Alles seine Richtigkeit, sagt die Kassiererin zu den Kunden hin. Die Kunden beruhigen sich. Es ist doch kein Joghurt da, sagt der Alte zur Kassiererin.

Das gibt es doch gar nicht, sagt die Kassiererin, ich hab doch kaum vor Minuten Joghurt getippt.

Ach lassen Sie doch, den Rest schenke ich Ihnen, sagt der Alte.

Wieso, müssen Sie doch nicht schenken, sagt die Kassiererin und scheint noch nicht zu den Genormten zu gehören.

Nein, lassen Sie man, sagt der Alte, weil die Gereiztheit aus der Kundenschlange auf ihn andringt.

Habt ihr denn dahinten wirklich keinen Joghurt, ruft die Kassiererin. Ist kein Joghurt da, Frau Müller?

Frau Müller meldet sich. Es ist Joghurt da.

Also kehren Sie um, mein Herr, und holen Sie sich Joghurt, sagt die Kassiererin. Und so viel Freundlichkeit von einer Verkäuferin hat der Alte lange nicht erlebt, aber er hat auch noch nie so viel Kopfschütteln bei den Mitkunden erzeugt wie an diesem Tag. Du bist eben schon vertrottelt, denkt der alte Mann.

Der Joghurt steht in einem Regal, nicht wie sonst in einem Kasten. Der alte Mann konnte ihn dort nicht finden, aber in dem Regal war eine Ware ausgefallen, es war eine Lücke entstanden, man hatte dafür die Joghurtflaschen hineingestellt. Freilich kannte der Alte solche Tricks, aber nun war er eben einem solchen Trick aufgesessen. Die Verkäuferin, die Frau Müller genannt wurde, packte ihm fünf Joghurtflaschen in seinen Korbschiebewagen. Der Alte fuhr zurück an die Kasse, wieder von links heran. Es gab keine Empörung mehr unter den Mitkunden, aber hie und da wurde ein Kopf geschüttelt, was muß so ein Alter, der nichts davon versteht, noch einkaufen gehen.

So, sagt die Verkäuferin, nehmen Sie noch etwas, was den Preis von vier Mark vierzig macht, denn jetzt haben Sie ja Joghurt und nicht saure Sahne.

Ich geh nicht noch einmal zurück, denkt der Alte, soll ich noch vertrottelter scheinen, als die Kopfschütteler annehmen. Denn jetzt ists genug, denkt der Alte. Ich schenke Ihnen den Betrag, sagt er zur Kassiererin.

Aber wo, das wäre ja noch schöner, sagt die Kassiererin.

Nein, ich geh nicht mehr zurück, sagt der Alte, und schon hebt das Murren in der Kundenschlange wieder an. Der alte Trottel macht noch, daß wir hier bis Mittag stehen.

Nein, das gibts einfach nicht, sagt die Kassiererin, und sie bittet eine Kundin aus der Schlange, ein Päckchen Kaffeebohnen herüberzureichen. Das Päckchen entfällt der Kundin beim Herübertun, sie kann sich nicht bücken. Sie bittet einen jungen Mann, ihr behilflich zu sein. Der junge Mann hebt das Kaffeepäckchen auf, gibt es der Frau, die es aus dem Regal genommen hat, die Frau gibt es der Kassiererin, die Kassiererin gibt es dem alten Mann. So, nun sind wir einig, sagt sie. Der alte Mann bedankt sich. Danke für so viel Freundlichkeit, sagt er, man ist es nicht mehr gewöhnt. Die Kassiererin nimmt die Dankworte hin wie einen Orden. Der alte Mann fährt seinen Korbschiebewagen an den Packtisch. Die Reispäckchen rutschen ihm aus den Händen. Er fühlt sich von all den Kunden in der Schlange beobachtet, greift daneben, läßt das Kaffeepäckchen fallen, wird wirklich trottelig, wird immer trotteliger, die Kunden in der Schlange helfen ihm dabei, die einen mitleidig, die anderen schadenfroh, da erst begreift er, daß er die fünf Päckchen Reis, die er sich vorhin anstelle der fünf Flaschen saurer Sahne in den Wagenkorb stopfte, nicht wieder zurückgelegt hat. Er hält ein, er überlegt, was er jetzt tun soll. Für die Kunden, die ihn beobachten, wird er jetzt zu einem, der wohl doch nicht ganz richtig ist, sie machen ihn dazu.

Wie würde das sein, wenn er es der Kassiererin sagt, ließe sie ihn nochmals zurückfahren und die fünf Päckchen Reis wieder an ihren Platz tun, er will kein Betrüger sein, kein Unterschläger, er sieht nicht nur das Grinsen der Kundenschlange voraus, er hört herzloses Gelächter, er sieht sogar, wie die Kunden einander anstoßen und mit den Ellenbogen auf ihn hinweisen.

Und wenn er zur Kassiererin sagen würde, kommen Sie einen Augenblick beiseite. Und wenn er ihr sagen würde, ich muß noch nachzahlen. Der Zorn in der Kundenschlange würde überkippen. Nun würden auch die anderen Verkäuferinnen und die Leute, die die Regale bepacken, auf ihn aufmerksam werden, und er würde nie mehr hier einkaufen gehen können, hier, wo es so bequem für ihn ist. Und er entschließt sich, die fünf Päckchen Reis zu unterschlagen, und er tröstet sich damit, daß ihr Fehlen die Kassiererin nicht belasten wird, sie werden im Regal fehlen, sie werden unter Schwund verbucht werden, in der Diebstahlrubrik eingetragen werden. Er hat davon gehört, daß in den Abrechnungsformularen der Verkaufsstellenleiter solche Rubriken existieren. Im übrigen überlegt der alte Mann, er nennt sich zwar selber gern den Alten, das tut er aus Koketterie, aber er ist nun wohl wirklich alt, er ist nun wohl wirklich trottelig, und er überlegt und überlegt. Eines Tages wird er in ein anderes Lebensmittelgeschäft gehen und dort fünf Päckchen von dem Reis kaufen, den er hier unterschlagen hat, und wird den Reis in seinem Einkaufsbeutel in die Kaufhalle befördern, und er wird den Reis dort, wo er zu liegen hat, einbuchten. Die Tatsache, daß er ein ehrlicher Mann ist, kann weiter in ihm bestehen. Aber dann denkt er, was wird am Ende sein, wenn Inventur gemacht wird, es werden fünf Päckchen Reis erscheinen, die schon längst in der Spalte Diebstahl abgebucht sind, und was werden sie mit den fünf Päckchen Reis machen.

Nach einer Weile denkt er, du bist wirklich ein Trottel.

Ein Grundstück bei Rheinsberg kaufen

Bevor das geschah, war ich in der Hauptstadt Geselle im Dichtereibetrieb des eigenwilligen Augsburgers. Ich wollte nicht sein Nachplapperer werden. Es gab schon zu viele davon. Ich wollte ich werden und war drauf aus, mich räumlich vom Betrieb zu entfernen. Vielleicht war jene Kraft in mir wirksam, die Instinkt genannt wird.

Meine liebliche Gefährtin gibt ein Inserat auf, in dem wir verlauten lassen, daß wir ein kleines Häuslergrundstück suchen. Wir kriegen viele Angebote, reisen umher und sehen uns verschiedene Menschenbehausungen an. Zuletzt sehen wir uns eine Kätnerei bei Rheinsberg an. Wir dürfen nicht zeigen, wenn uns das Anwesen und seine Umgebung gefallen sollten, sage ich vorher zur Gefährtin und berufe mich auf meine Lebenszeit als Pferdehändler.

Der Besitzer des Grundstücks heißt Fuchs. Er zeigt uns die Stuben, die Küchen, den Keller mit der Falltür, die Bodentreppe, deren Knarren wie Lachen klingt. Kurzum, er zeigt uns die romantische Seite der Kate. Den Stall und die Scheune zeigt er uns nicht, doch er führt uns über den kleinen Friedhof, den sich die sieben Häusler des Vorwerks vor hundert oder zweihundert Jahren ausbedungen. Wir würden also so gut wie einen eigenen Friedhof haben, wenn wir kaufen. Nicht schlecht, ein bißchen zu wissen, wo man zu gegebener Zeit wieder in die Erde gelassen wird, aus der man aufstund.

Dann stellt Fuchs den Waldsee zur Schau. Es liegt eine Insel drin, und die sieht aus wie ein auf Grund gelaufener Walfisch, der drüber nachdenkt, weshalb er vergaß, mit den Wassern, die damals hier überall waren, davonzuschwimmen.

Auf den Hügeln liegen durchsichtige Tülldecken aus Schnee, und das Eis auf dem See schimmert bläulich und stählern. Am Seerand vorm Schilf sind Wellen gefroren. Wir staunen und wundern und machen Fehler: Herrlich, wie herrlich! sagt die Gefährtin.

Ich sage: Klassisch märkisch! Mein Gefühlsausbruch beweist, daß ich mit meinen Erkenntnissen aus der Pferdehändlerzeit nicht umzugehen verstehe. Oder spüre ich, daß Häuschen und Höfchen, daß der See hier, der Wald und die Wiesen günstig in meine künftige Arbeit hineinreden werden?

Der Preis fürs Anwesen?

Fuchs will ihn nicht nennen.

Der Einheitswert? frage ich, weil noch Kenntnisse über Liegenschaften aus meiner Amtsvorsteherzeit in mir sind. Den Einheitswert will Fuchs nicht kennen, er will überhaupt nicht, er will nicht verkaufen.

Aber Sie haben sich auf unser Inserat gemeldet.

Nur aus Langeweile, sagt er. Früher, als er noch anderswo beheimatet gewesen wäre, hätte er zuweilen interessierten Gästen seine Pferde vorgeführt, nicht um sie zu verkaufen, sondern um zu hören, was die Gäste, wenn die Pferde verkäuflich wären, für sie ausschmeißen würden.

Daheim bedauern wir den mißlungenen Katenkauf und seufzen. In der Kate seufzt zur gleichen Zeit Frau Fuchs. Wie lange soll sie in dem Loch von einem Haus noch hocken bleiben? Sie ist sehr krank, und manchmal ist sie es wirklich. Bis zum Arzt in die Stadt sinds drei Stunden zu Fuß, mit dem Fahrrad benötigt sie eine Stunde, eine halbe Stunde, wenn sie telefoniert: die Postfrau hat Launen.

Frau Fuchs ist behaart bis in ihr Gesicht und dort nicht nur auf der Oberlippe. Verkaufst und verkaufst nicht, bis ich dir sterbe, sagt sie zum Mann.

Einige Tage nach unserem Besuch kommt sie in die Hauptstadt, geht zum Arzt, dann zur Friseuse, läßt sich den Damenbart abnehmen, das Haar kringeln und besucht uns.

Frau Fuchs will wissen, ob es auf Wahrheit beruhe, daß man mir einen Kunstpreis verlieh.

Ja, ich habe den Kunstpreis gekriegt. Das Geld, das mir der Kunstpreis einbrachte, können wir Frau Fuchs nicht vorführen, wir haben es zur Pflege in eine Sparkasse gegeben, aber ich kann ihr die Medaille zeigen und das Bändchen, an dem sie hängt. Frau Fuchs sieht sich Bändchen und Medaille an und schlürft dazu einen Kaffee. Dann bricht sie auf. Ihr Mann würde sich vernehmen lassen, sagt sie.

Fuchs weiß, daß wir angebissen haben. Jetzt hat er sich von unserer Zahlungsfähigkeit überzeugt. Ich bin der Hecht, der an seinem Haken zappelt. Er kann sich Zeit lassen. Er läßt sich zwei Wochen Zeit, noch länger. Ich, der niederschlesische Neurotiker, wie mich die liebliche Gefährtin später nennen wird, schmeiße mich ins Bett. Das habe ich vom listigen Augsburger gelernt: Wenn einem was nicht nach Wunsch ausgeht, schmeißt man sich ins Bett. In meinem Theaterstück wurde ein Bauer, der in eine Versammlung gehen sollte, die ihm nicht paßte, ins Bett gesteckt. Der listige Augsburger will diese Lebensart von einem Klassiker übernommen haben, vom *Säuferrr Goethe.* Der warf sich ins Bett, als sein

Theater abbrannte, der warf sich ins Bett, als seine Frau Christiane begraben wurde. Ich hatte mir bisher so *Capricen* nicht leisten können, doch jetzt hatte ich Geld und gab ihm die erste Möglichkeit, meinen Charakter zu verderben.

Meine liebliche Gefährtin, die ich nie genug werde loben können, solange ich lebe, macht sich am grauen Morgen des nächsten Tages auf und fährt in die nordischen Wälder, um zu erkunden, weshalb sich die Füchse nicht melden.

Ich liege im Bett, esse nicht und trinke nicht und phantasiere mir eine Zukunft zusammen, die sich gewaschen hat, wie einer meiner Freunde zu sagen pflegt. Bei ihm hat sich alles gewaschen, was er für groß hält. Eine Frau habe ich jetzt, kann er sagen, eine Frau mit Brüsten, die sich gewaschen haben.

Aber was soll mir das jetzt? Ich liege im Bett und richte meinen Garten in Grünhof ein. Damit ist gesagt, wie der Fleck dieses Vorwerks mit den fünf Häuschen heißt. Im zwei Kilometer entfernten Haupt-Ort, namens Dolldorf, gibt es, wie ich weiß, schon eine Bauerngenossenschaft, in der ich mich nützlich machen würde. Ich habe das Chinesische Getreide-Tiefpflanzverfahren im Hinterhalt. Vor Jahren habe ich damit in meiner Heimat experimentiert und aus einem Roggenkorn sechsunddreißig

Roggenähren gezogen. Die Dorfleute sahen sich die Wunderleistung an. Das Experimentierfeld war nicht größer als eine mittlere Küche, und ich hatte darauf einen Erfolg, der sich gewaschen hatte.

Mit meinem Chinesischen Tiefpflanzverfahren wollte ich die Zeit abkürzen, die ein Fremder braucht, das Mißtrauen zurückzudrängen, das die Ureinwohner eines Dorfes ihm entgegenbringen.

Bis zum Abend liege ich im Bett und fahre großmäulige Ernten aus meinem künftigen Garten in Grünhof ein.

Bei halber Nacht kommt meine unerschrockene Gefährtin heim. Sie lächelt lieb, und anders habe ich sie mein Leben lang nie gesehen, wenn sie mit einer Nachricht zu mir kam, von der sie wußte, daß sie mir Freude machen würde, und das führt dazu, daß ich mich immer neu in sie verliebe. Der Einheitswert ist Zehntausend, sagt sie, aber dafür kann ers nicht hergeben. Er – ist der Herr Fuchs in Grünhof. Ich soll hin und Handel mit ihm treiben, verlangt er. Der Füchsin gehts schlechter, sie muß in die Nähe eines Arztes gerückt werden.

Wir fahren wieder zu den Füchsen nach Grünhof: U-Bahn, S-Bahn, Fernbahn, Fußmarsch. Die Füchsin hat ihrem Charakter ein flausch-weiches Kostüm übergezogen, der Fuchs hat seine Seele mit Watte ausgelegt.

Noch einen Rundgang: Diesmal wird der Garten ausgeschritten, die Obstbäume werden gezählt und zwei Feldstücke gemustert. Ein Feldstück liegt brach, das andere ist mit Roggen bestellt. Der Fuchs hats verpachtet. Den Pachtvertrag können Sie rückgängig machen, sagt er. Ich denke an mein Chinesisches Roggentiefpflanzverfahren. Hinter dem Hochwald liegen vier Wiesenstücke, die zum Anwesen gehören. Die Gemarkung wird *Im Torf* genannt.

Jedes Wiesenstück hat noch die Größe und die Grenzen, die es hatte, als Gott es unseren Vorfahren übergab, sagt Fuchs. Später werde ich erfahren, daß er Umsiedler ist und erst seit zwei Jahren hier hockt, daß er sich *Flüchtling* oder *Vertriebener* nennt.

Dort drüben Ihr Wald, sagt er und deutet in eine unbestimmte Richtung. Wir sehn nichts Besonderes. Wälder aus mittelstarken Stämmen, mit beruhigendem Rauschen in den Ästen, gibts hier überall.

Die Wiesenstücke der sieben Kätner sind unterschiedlich gepflegt. Das erkennt man sogar jetzt, da sie nicht grüne Wiesen, sondern graue Wausen sind. Ein fünftes Wiesenstück, das uns gehören würde, liegt näher am Vorwerk. Seine Grenze das Flüßchen, das die Häusler den *kleinen Rhein* nennen.

Hier kann sich eins von Ihren Kindern, wenn Sie welche haben, eine Villa hinbauen, sagt Fuchs. Er zeichnet die Umrisse in die Luft. Seine Arme fahren aus den speckigen Joppenärmeln. Hier einen Balkon und da einen Erker, sagt er. Eine Villa, die sich gewaschen hat. Ich streiche die imaginäre Villa.

Das Nebengebäude enthält einen Ziegenstall, einen Schweinestall, eine Scheune und einen Hühnerstall, alles unter einem Dach, das dem Senkrücken einer Stute ähnelt, die nach dem zwölften Fohlen ist.

Der Schweinestall ist leer; das Schwein erstochen, zerschnitten, gekocht, geräuchert, verwurstet, gepökelt. Schinkenschroten und Speckseiten baumeln in der Räucherkammer auf dem Katen-Dachboden, und wenn der Wind in den Schornstein und am Geräucherten vorbei und treppab treibt, durchwebt er die dubbrige Luft in den kleinen Stuben mit Würze. In einer kleinen Kammer treffen sich der Räucher- und der halbfaule Geruch vom Pökelfleisch, das in großen Tontöpfen auf seine Verwandlung wartet.

Während Fuchs mit mir im Ziegenstall schwarzhandelt, versichert die Füchsin meiner lieblichen Gefährtin in der niedrigen Katenstube, daß sie, obwohl sie noch Geräuchertes und Gepökeltes vom

Vorjahr hatten, schon wieder geschlachtet haben. Da sehn Sie, was sich hier alles so machen läßt, wenn Sie tüchtig sind, sagt die Füchsin, und der Vollbart an ihrem Unterkinn sprießt schon wieder.

Zwischen den Lokalitäten, in denen die verschiedenen Gespräche stattfinden, liegt der Hof. Im Mai wird er begrast sein, und es wird Freiheit bis zu den Sternen über ihm sein.

Im Ziegenstall treiben Fuchsens Stirnfalten unter dem Schleppdach seines Mützenschirms ihr Ziehharmonikaspiel. Er wird von einer Joppe umschlottert, die *aktiv* beim Militär gedient hat und von einem Dorfschneider zivilisiert wurde.

Ich stecke in einem pelzgefütterten Ledermantel, und der ist das erste wärmende Kleidungsstück, das ich mir nach dem Kriege kaufte. Meine Gefährtin riet es mir an. Nun wärmt mich ihre Liebe.

Draußen ist Februar-Sonnenschein. Ein Strählchen wird durch eine schmutzige Scheibe geseiht, huscht an uns vorbei und kommt auf dem Schwanz einer Ziege zu liegen.

Fuchs flüstert und flüstert auf mich ein; eine Henne unterbricht ihn, plustert sich und gluckt. Sie sitzt in einem alten Weidenkorb, will brüten. Viel zu zeitig im Jahr. Fuchs treibt die Glucke aus dem Stall. Die Ziege sieht sich nach ihm um. Das Sonnenfleckchen fällt ihr vom Schwanz und kommt auf dem Stallboden aus gestampftem Lehm zu liegen.

Vom Einheitswert kann keine Rede sein, sagt Fuchs und zählt mir die Sachen auf, die heute *Extras* genannt werden, wenn man zum Beispiel ein Auto kauft oder sich einen Anzug machen läßt. Beim Auto können die Löcher, die in die Rückenlehne gebohrt sind und danach gieren, eine Nackenstütze aufzunehmen, schon *Extras* sein. Bei einem Anzug sinds die Reißverschlüsse an den inneren Seitentaschen, die verhindern sollen, daß einem die Dokumente oder die Gelder westlicher Währung entrutschen.

Also, was wolln Sie zahln, Kamerad, fragt Fuchs. Die Anrede *Herr* gilt nach dem Kriege für abgeschafft. Kamerad paßt immer. Jeder deutsch aussehende Mann ist ehemaliger Wehrmachtsangehöriger und Kriegsverlierer.

Ich biete Zwölftausend Mark. Fuchs sieht mich an, als hätte ich seine Sippe, bis zur Urgroßmutter zurück, beleidigt. Er stößt mich aus dem Ziegenstall und zeigt und preist die Hofseite des Katendachs, die er neu eindecken ließ. Ich hör ihn, ich höre ihn nicht, denn in mir sagt es: Bedenk, die Ruhe, die du dir hier einkaufst!

Am Stalle hängt der Abtritt wie ein Starenhäuschen, und Fuchs läßt mich in die neu auszementierte

Jauchegrube sehn. In mir sagts: Und der Wald so nahe, bedenke!

Fuchs zeigt mir, wie er das elektrische Licht im Hause ausbreitete. Drei neue Brennstellen installiert! In mir sagts: Der See beim Haus, da könntest du angeln, dabei habe ich nur einmal in meiner Schülerzeit geangelt, und meine Schülerzeit wird nie zurückkommen.

Fuchs kriecht mit mir auf den Heuboden: Auch dieses Heu hier kriegen Sie. In mir sagts: Heu ernten wie einst in der Kindheit! Fuchs versichert, daß er mir die Ziege dalassen wird. Sie wird bald zickeln, und Sie haben Frischmelke, und die Glucke wird Fuchs ansetzen, und im Juni, wenn er wegzuziehen gedenkt, werden die Küken schon fast Legehennen sein. In mir sagts: Du wirst dir von den Küken einen Hahn belassen, einen Hahn, der dir morgens den Tag einkräht.

Fuchs verweist auf den wackligen Schuppen hinterm Stall. Er hat ihn zusammengeklopft. Hier war nichts als umherziehende Luft, sagt er. Das Bienenhaus, drei Bienenvölker, Geräte, Eimer, Gabeln, Hacken und die jungen Obstbäume, die er zwischen die alten gesetzt hat! (Später werde ich erfahren, er hat sie gestohlen.) In mir sagts: Denk an die Frühlingspfiffe der Stare. Sie sind ihren Preis wert, und dann die Grillenkonzerte in den Wiesen vorm Haus!

Aber nun endlich den Preis, den Preis! Fuchs sagt ihn mir wie ein Verschwörer ins Ohr: So Zwanzigtausend müssen Sie schon reißen, sonst reden wir kein Wort mehr miteinander.

Ich bin erschrocken, ich will ins Haus. Fuchs hält mich fest und redet und redet: Zehntausend Mark koste ein Damen-Pelzmantel, erklärt er. Aber ist der was fürs Leben? Nachher wird die Frau dicker und braucht einen neuen. Das wären dann schon Zwanzigtausend Mark. In einem Pelzmantel sei man nur für die paar Stunden zu Hause, wenn man im Winter in ihm ausgeht: in einem Anwesen sei man für immer zu Hause. Das müssen Sie doch einsehen, Kamerad, sagt er.

Und was du aus dieser Landschaft in deine Dichterscheune einfahren könntest! denke ich und willige mit zusammengebissenen Zähnen ein. Gut. Zwanzigtausend!

Auf dem Notariats-Büro werden sie versuchen, den Preis zu drücken, sagt Fuchs. Mehr als tausend Mark über den Einheitswert werden sie nicht zulassen. Diese Sesselwärmer, sie sitzen da an ihren Schreibtischen und haben keine Ahnung von dem Überdiesigen, was ich Ihnen hier mit dem kleinen

Paradies zusammen verkaufe. Der Überbetrag von Neuntausend Mark soll deshalb *von Tasche zu Tasche* gehen, sagt Fuchs.

Mir ist schon alles gleich.

Der Wohnstubentisch ist weiß gedeckt. Kaffeegeruch fährt gegen uns an. Semmeln, Butter und eine Schrote Schinken liegen auf dem Tisch. Die Füchsin erklärt, daß sie nicht einmal mehr mageren Schinken verträgt. Die Galle, die Galle! Ich sehe zum breiten Giebelfenster ins Wiesental hinaus. Unterm Fenster murmelt der *kleine Rhein.* Ich höre den Wald rauschen, ich sehe die Schneeglöckchen im Vorgarten, die Birken am Wiesenwegrand, mächtige Birken, weiß in der Ferne, gescheckt in der Nähe. Der *kleine Rhein* erzählt mir von seiner Herkunft. Er kommt aus dem See mit der dunklen Insel. Ahne ich, daß ich diese Insel später in einem Theaterstück in die Hauptstadt und auf die Bühne bringen werde?

Wir traben zum vier Kilometer entfernten Bahnhof. Die Gefährtin voran. Sie ist am Bahnhof, als der Zug einfährt. Ich steck noch in den Wäldern. Der Pelzmantel ist zu schwer. Der Fluch des Reichtums hat sich auf mich gelegt. Mein Leben lang kam ich ohne Pelzmantel aus, und manchmal hatte ich gar keinen Mantel.

Die Gefährtin verhandelt mit dem Lokomotivführer. Vielleicht einen Augenblick warten, ihr Mann könne nicht so schnell. Der Lokomotivführer gibt her, was er sich an Zeitverschwendung leisten kann. Ich bin noch immer nicht zu sehen. Der Maschinist bedauert. Ein Plan mit Zahlen schreibt ihm vor, mit welcher Geschwindigkeit er sich durch die Welt zu bewegen hat. Wir verpassen den Zug.

Die Fahrkartenausgabe des kleinen Dorfbahnhofs ist eine gemütliche Wohnstube. Man möchte hineingehen, wie man als Junge zur Nachbarin ging, und sagen: Guten Tag, Tante, darf ich ein bißchen hier sitzen? Neben dem Fahrkartenschränkchen steht eine Nähmaschine, jenes Victoria-Modell, das meine Mutter benutzte. Der Bahnstation steht eine reinliche Frau vor. Sie näht und sie putzt, wenn sie nicht Fahrkarten verkauft. Sie heißt Frau Weiß, sie konnte nicht anders heißen.

Im Warteraum sind die Dielen frisch gescheuert. Das nasse Holz duftet gegen den alternden Tabakqualm an, der noch im Wartesälchen herumlungert. Der große Kachelofen ist ausgekühlt. Frau Weiß bittet uns nicht in ihre beheizte Fahrkartenstube. Reinlichkeit und Menschenfreundlichkeit haben nichts miteinander zu tun.

Wir entschließen uns, zu Fuß zur nächsten Bahnstation zu gehen. Unsere Schrittlänge wird von dem Abstand zwischen je zwei Bahnschwellen bestimmt. Auf diese Weise sind wir mit dem Mann verbunden, der herausfand, wieviel Zentimeter der Abstand von Bahnschwelle zu Bahnschwelle zu betragen hat. Wir sind seines Wirkens noch teilhaftig, gewiß ist er lange tot.

Es könnte sein, daß uns der Zug, es ist der letzte, auf halbem Wege zwischen den Stationen überholt. Alsbald, zwar weit weg noch, ein Lokomotivpfiff. Wir verlängern die Schritte, immer eine Bahnschwelle bleibt uns gestohlen.

Jetzt hören wir schon den Atem der Lokomotive, diesen ins Überdimensionale gesteigerten Ton, den eine Großmutter ausstößt, wenn sie Hühner vor sich herscheucht. Glühende Braunkohlenteilchen fliegen rhythmisch gegen den Sternenhimmel. Ich schwinge mein Taschentuch. Ein verschwitztes Männergesicht am Seitenausguck der Maschine grinst. Vorüber ist die Lokomotive. Der Zug ist ein Güterzug. Allüberall wächst das, was der Mensch sein Glück nennt. Eine Viertelstunde später ist unser *Glück*, daß wir die nächste Station erreichen, ehe uns unser wirklicher Zug überholt.

Die *Station* ist eine offene Bretterbude auf freiem Felde. Weitab ein paar Lichter, man ahnt ein Dorf.

Ich trage Fallholz zusammen. Die Gefährtin soll nicht frieren. Ich entschuldige mich: Mein Pelzmantel, ich konnte nicht gut genug rennen in ihm. Der Reichtum, der Reichtum.

Es gibt *Örter* auf dieser Welt, sagt sie, in denen auch die Ärmsten in Pelzen spazieren.

Das Holz ist feucht. Ich schnitzle eine Handvoll Späne herunter und mache in der Bretterbude ein Feuer. Das Feuer ist winzig, der Rauch ist groß. Ich muß warten, bis es aus dem Rauchzustand in den Heizzustand tritt. Die Bude hat hinten ein faustgroßes Loch. Ich zähle die Sterne, die sich in diesem Loch aufzuhalten scheinen. Es sind sechzehn Sterne. Hat nicht wieder eine Lokomotive gepfiffen? Ich lausche, lege den Kopf zur Seite, und es erscheinen neue Sterne im Budenloch. Die kommen von links oben herein, während rechts unten andere Sterne verschwinden. Jetzt zähle ich achtzehn Sterne. Unten rechts sind nicht so viele Sterne verschwunden, wie oben links hinzugekommen sind. Ich höre auf zu lauschen, richte den Kopf wieder auf und zähle nochmals: es sind zwanzig Sterne. Meine Augen sind kühner geworden, haben aus dem Himmelshintergrund noch Sterne hinzugeholt, die vorher nicht zu sehen waren. Die Frage in dem alten Kinderlied *Weißt du wieviel Sternlein stehen?* ist unzulässig.

Das Holzfeuer bringts endlich zu einem Flämmchen. Am Himmel fliegt ein Engel vorüber, einer von jenen, die nachts so schwarz sind wie Eulen. Der Zug kommt. Dreh dich um, sag ich, dreh dich um, damit ich das Feuer mit meinen Mitteln löschen kann.

Mitten in der Nacht fällt Wind in unsere Straße. Winde haben die Eigenschaft zu kommen, wann sie wollen und von woher sie wollen. Und dieser hier bedient sich einer Gardine, um raschelnde Töne zu erzeugen und mich in ein Gerede hineinzuziehen. Mit den Alten redete Gott in dieser Weise. Wir haben Gott abgeschafft und mit der Wissenschaft ersetzt. Ich auch. Der Gott der Alten sagt zu Isaak: ... deinem Samen will ich alle diese Länder geben ... und will deinen Samen mehren wie die Sterne am Himmel, und will deinem Samen alle diese Länder geben ...

Aber steht heut nicht geschrieben, Erde ist ein Produktionsmittel, mit dessen Hilfe, wer sie besitzt, sich bereichert und die ökonomische Ungleichheit unter den Erdenmenschen fördert? Und heißt es nicht, bestraft sei, wer Überpreise verlangt und wer sie zahlt?

Diese Botschaft und Warnung hat mir der Wind

überbracht. Und er hat mich gefunden mitten in der Nacht. Und er hat mich geweckt, und ich kann nicht mehr einschlafen. Es ist 1954 im Monat April, und ich wälze mich unter der Last meines schlechten Gewissens.

Matt und der Alte auf Island

Vor Jahren hat Matt ein Angebot, in ein Außenland zu fahren, mit der Begründung abgelehnt: Ja, wenn es eine Reise nach Island wäre! Dieser Wunsch war aufgefangen worden, hatte sich in der Vergangenheit versteckt, kam nun hervor und sah aus wie ein Zufall.

Er flog mit seiner lieblichen Gefährtin zum ersten Male über den Atlantik, flog auf die Insel der feuerspeienden Berge, der Lavaspalten, der Geysire, der Gespenster, der hunderttausend Pferde, in das Land eines anderen alten Aufschreibers, der anscheinend nicht aufhören konnte, von seinem Land und seinen Landsleuten zu erzählen.

Matt kannte alles, was dieser Alte auf Island geschrieben hatte, soweit es in die deutsche Sprache übersetzt worden war. Der Alte auf Island wußte hingegen nichts von der Existenz des zehn Jahre jüngeren Matt.

Das erste Buch, das Matt vom Alten auf Island gelesen hatte, hieß *Weltlicht* und war ein Roman in drei Bänden, ein Buch über einen jungen isländischen Dichter, der in Schwierigkeiten verkam.

Matt gefiel nicht, daß der Alte auf Island in seinem Roman den jungen Dichter verkommen ließ. Dieser Matt, er war damals noch bekehrungswütig und beschloß, ein Gegenbuch zu schreiben.

Aber wir sind heute nicht, was wir gestern waren. Matts Ansichten änderten sich in den Jahren, in denen er den dreibändigen Roman über seinen jungen Dichter schrieb. Es stellte sich heraus, daß seine Vorstellung vom leichteren Heranwachsen junger Dichter in unserem Lande eine Utopie war, und es war ihm peinlich, daß er den alten Isländer aus ideologischem Bekehrungseifer hatte belehren wollen.

Einmal hatte Matt mit der weißhaarigen Dichterin Anna über den alten Isländer gesprochen: Hascht *Die Islandglocke* von Laxness gelesen? fragte die Anna.

Lang, Anna, schon längst, hatte Matt geantwortet.

Magscht den Laxness? fragte Anna.

Er ist mir wie ein Bruder.

Besuch ihn doch! sagte die Anna, aber sie verriet nicht, ob sie selber den Laxness mochte oder nicht. Sie verriet niemals, wenn sie jemanden mochte, ausgenommen Jorge Amado, von dem sie sagte, daß sie ihn mochte. Sie bedankte sich auch selten, wenn jemand etwas über sie schrieb, aus dem hervorging, daß der, der da schrieb, sie, die Anna, mochte. Also verriet sie auch nicht, daß Laxness sie auf einer Durchreise besucht hatte. Matt erfuhr es erst, als der alte Isländer zum Tode der Anna respektvoll und anerkennend über sie schrieb.

Matt erklärte damals der Anna, weshalb es nicht anginge, den alten Isländer zu besuchen: Es ging nicht an, weil Matt für Laxness nicht vorhanden war. Merkwürdig, denn Laxness befand sich in jungen Jahren Upton Sinclair gegenüber in einer ähnlichen Lage. Laxness ging bei Sinclair aus und ein, aber als Schriftsteller, als Dichter, war er für den Amerikaner nicht vorhanden.

Und die Aussicht, daß Matt und der alte Isländer sich treffen könnten, wurde von Jahr zu Jahr geringer. Hätte Matt seine Bücher dem Alten auf Island mit der Empfehlung schicken sollen, der möge sie bitte, bitte lesen? Weiß Matt nicht von sich selber, wie es ihm mißfällt, wenn ihm Unbekannte ihre Bücher mit der Bitte schicken, sie zu lesen, und wie oft kriegt Matt Briefe von Verehrern, die versichern, sie dächten genauso oder ähnlich wie er, könnten aber, was sie dächten, nicht formulieren. Konnte Matt dem Alten auf Island schreiben: Ich bin gesellschaftlich und philosophisch zu ähnlichen Erkenntnissen gekommen wie Sie? Matt konnte sich vorstellen, wie der alte Isländer bei einer solchen Anbiederung ein Auge zukneifen und auf deutsch sagen würde: Ach, nein wirklich? Denn der alte Isländer spricht deutsch!

Und die Zeit verging, und der Alte auf Island wurde fünfundachtzig Jahre alt, und in einem Geburtstagsinterview sagte er: Ich habe mich nie lange an Thesen und Richtungen gehalten, bin nie in ihnen eingefroren, obwohl ich viele irdische Apostel mit solchen Thesen und Lehren begleitet habe. Die Welt verändert sich und mit ihr die Theorien, die Standpunkte und auch die Menschen …

Dieser Satz trieb Matt nochmals an, mit dem Alten auf Island sprechen zu wollen. Er hätte gern mit ihm gesprochen, doch gleichzeitig erkannte er die Unmöglichkeit wieder, den alten Isländer davon zu überzeugen, daß sie, die beiden Alten, am Ende ihrer Lebenszeit, in der gleichen geistigen Gegend angekommen waren.

Aber nun reisten sie doch nach Island, Matt und die liebliche Gefährtin, und Freunde, die davon wußten, sagten: Da werdet ihr gewiß den alten Isländer …

Nein, sagte Matt, und die Freunde konnten seine Bedenken nicht verstehen. Und wenn du ihm nur die Hand gibst, sagten die Freunde.

Nein und nein, Matt hatte es hier selber oft mit Leuten zu tun, die ihm nur einmal die Hand schütteln wollten, und er verstand nicht, was sie davon hatten, zumal seine Hand oft nach Pferdeschweiß roch.

Und auf Island geht es weiter: Der Botschaftsrat sagt zu Matt: Man hat mir mitgeteilt, du möchtest dich mit Laxness treffen?

Wieder wehrte Matt ab: Ich weiß selber, wie einem Alten zumute ist, wenn ihm ein Stockfremder zugeführt wird. Der isländische Alte ist zehn Jahre älter als ich, er braucht Ruhe, schont ihn, zwingt ihn nicht, sich auf Eindrücke einzulassen, die er nicht selber herbeiwünscht.

Matt und seine Gefährtin gehen in Reykjavik umher und ertappen sich dabei, wie sie am Rande der Stadt nach dem Friedhof suchen, auf dem nach Laxness' Roman *Das Fischkonzert* der junge Alfgrimur dem Kantor beim Leichenbegraben singen half, und sie finden den Friedhof, sie bilden sich ein, ihn gefunden zu haben, und benehmen sich so naiv wie jene Leser, die das Vorwerk Schulzenhof umkreisen, um nach Waldstellen oder nach dem Bärlapp zu suchen, die Matt oder die Gefährtin in ihren Büchern beschrieben haben. Im Sommer umkreisen oft so viele literarisch Neugierige das Grundstück, daß die

Matts sich an manchen Tagen nicht aus dem Haus trauen, und sie trauen sich nicht, über den Hof zu gehen, und sagen zueinander: Sind wir denn Tiere im Zoo?

Und jetzt tun sie das, was ihnen daheim lästig ist, wenn ihre Leser es tun: Sie suchen am Rande von Reykjavik den *Romanhof* und Alfgrimurs Großvater, kurzum, sie umschnüffeln die Örtlichkeiten, aus denen der Alte auf Island, wie sie glauben, seine Poesie kelterte, sie, die daheim selber Poesie herstellen, suchen hier nach der von einem anderen hergestellten Poesie wie nach einem Rauschmittel.

Als sie von ihrer Poesiesuche zurückkommen, steht hinter der Drehtür des Hotels der Botschaftsrat, ein Mann, der einem zum Freund wird, sobald man einige Tage mit ihm zu tun hatte.

Verzeiht, sagt er, ich habe für den Nachmittag über eure Zeit verfügt; Laxness hat uns eingeladen.

Hoffentlich kannst du das verantworten, sagt Matt zum Botschaftsrat. Wie denn soll Matt auf den verehrten Alten zugehen, soll er sagen: Hören Sie, Laxness, meine Gefährtin und ich haben auch einige Bücher geschrieben? Oder soll Matt sagen: Ob Sie es nun wissen oder nicht, lieber Laxness, wir, Sie und ich, sind beide Mitglieder derselben Akademie der Künste?

Alles dies bewegte Matt, als sie in einem märchenhaften Supermarkt, in einem Palast wie aus *Tausendundeiner Nacht*, Blumen für Frau Laxness kauften, Blumen, wie man sie auf dieser Insel im Ozean, auf deren spärlichem Rasen Waldlöwenzahn und Stiefmütterchen den ganzen Tag im Winde zittern, nicht vermutet hätte. Man wußte nichts von den Gewächshäusern, die, von den heißen Quellen beheizt, zu tropischen Eilanden wurden. Man wußte nicht, daß die Isländer, die Jahrhunderte auf die Sommer vom Himmel her verzichten mußten, sich diese Sommer jetzt aus der Erde holen.

Wir fahren auf der Küstenstraße entlang. Sie umrundet die ganze Insel und unterscheidet sich von anderen europäischen Landstraßen wohl nur dadurch, daß ihre Decke gemahlenes Lavagestein enthält. Der Botschaftsrat weist nach links. Dort liegt auf halber Hügelhöhe eine Farm, wie die Bauernhöfe hier jetzt modern genannt werden. Pferde in allen möglichen Pferdefarben tummeln sich auf dem Thun. Das Gehöft dort oben ist der frühere, jetzt modernisierte, Laxnesshof. Der Vater von Laxness kaufte vor Jahrzehnten den verluderten Hof einem Säufer ab. Es gelüstete den Laxnessvater, neben seinem Dienst als Straßenbaumeister, eine Landwirtschaft zu betreiben. Auf diesem Laxnesshof verbrachte der junge Halldór einen Teil seiner Kindheit, und diesem Laxnesshof borgte der Dichter seinen Künstlernamen ab. In einem seiner Bücher beschreibt Laxness, wie er mit einem Spielgefährten dort oben auf dem alten Laxnesshof in ein Getümpel, in ein versumpftes, mit Scherben von Schnapsflaschen gefülltes Moderloch fiel und wie er gerettet wird, und wenn er nicht gerettet worden wäre, hätten wir die Bücher: *Weltlicht*, *Atomstation*, *Das Fischkonzert* oder *Seelsorge am Gletscher* nicht zu lesen gekriegt, aber wir haben sie zu lesen gekriegt, das Leben hat es so gewollt.

Kleine Pferdeherden, rechts und links der Straße, begeistern den alten Matt. Das Gras auf den Weiden ist kurz, sie sind Teppiche, und die Pferdemäuler gehen wie die Schlünde von Staubsaugern über sie hin. Bei besonders gefärbten Pferden, bei Schimmeln mit dunkler Mähne oder bei *Isabellen* reckt sich die Gier im alten Matt, die Gier aus der Kinderzeit: Haben, haben, mitnehmen, mitnehmen! Ja, kaufe ich dir, sagte der Großvater, obwohl er wußte, daß er notlog, weil er nie das Geld für ein Pony aufbringen würde. Hier nun auf der Straße nach Thingvellir gab es für Matt keinen Großvater mehr, den er bitten, von dem er eine besänftigende Antwort erhalten konnte. Jetzt war er selber ein Großvater, hatte

Geld daheim und hätte sich wirklich ein oder zwei Pferde von denen, die ihm gefielen, kaufen können, aber jetzt ging es um Devisen, die er nicht hatte, jetzt ging es um Einfuhr- und Transportschwierigkeiten, auf die er stoßen würde, denn bis hierher reichten die Möglichkeiten seines Freundes nicht, der daheim, wenn Matt ausgefallene Wünsche hegte, die Rolle seines Großvaters übernommen hatte und sagte: Mach ma schon!

Da ist schon Laxness' Haus, sagt der Botschaftsrat und weist weiter nach rechts. Die Matts haben dieses Haus mit der schrägen Anfahrt von der Hauptstraße her, dieses Haus, das wie ein Küken am Fuße eines Lavahügels hockt, in mehreren Filmen gesehen.

Im alten Matt zittert es, er muß sich ablenken und läßt sich vom Botschaftsrat erklären, was der rote Knopf am Knauf des Auto-Gangschalters für einen Sinn habe und erfährt, daß man mit einem Druck auf diesen Knopf den Vierradantrieb einschaltet.

Im Botschaftsrat hat der Diplomat die Herrschaft übernommen. Er sieht auf seine Uhr. Sie sind zu früh. Sie fahren an Laxness' Haus vorbei und an dem kleinen Holzhaus links daneben, und dahinter wieder ein Thun mit Pferden, die, wie es heißt, dem Schwiegersohn von Laxness gehören. Der alte Isländer hat auch in der Hauptstadt noch eine Wohnung, erzählt der Botschaftsrat, und der alte Isländer läßt sich von seinem Schwiegersohn dort hinfahren, und er bleibt vielleicht ein oder zwei Nächte in Reykjavik, wie Matt und seine Gefährtin von Schulzenhof nach Berlin fahren, um dort ein oder zwei Nächte zu bleiben, wenn sie in der Stadt zu tun haben. Es ist eigentlich alles so, wie es bei uns ist, stellen die Matts fest. Von Laxness' Anwesen nach Reykjavik ist es vier Lastpferdstunden weit, und eine Lastpferdstunde ist ein altes isländisches Streckenmaß.

Dann wenden sie, kehren um, die verabredete Besuchszeit ist heran. Sie fahren zum Laxnesshaus zurück, und das liegt, wie schon erwähnt, am Fuße eines Lavahügels, der mit einer dünnen Grashaut überzogen ist, und Matt ist sich sicher, daß man die Plattform, auf der das massive Wohnhaus von Laxness und zwei kleinere Gebäude aus Holz (das Haus des Schwiegersohnes und ein Stall) stehen, hat herstellen müssen, denn der Hügel hinterm Haus macht nicht den Eindruck, als hätte er von sich aus eine Plattform für die Ansiedlung von Menschen hergegeben.

Sie fahren in den knappen Hofraum, und ein anderes Personenauto fährt aus dem Hofraum hinaus, fährt ab. Matt erkennt Kinder im Auto, einen Hund, einen Fahrer, vermutlich Laxness' Schwiegersohn, der davonfährt, nach Reykjavik hinunter. Die Kinder scheinen gehärtet gegen Gäste zu sein. Was kümmern sie die Gäste von überm Meer? Nur der Hund sieht eifernd und geifernd beim Autofenster hinaus. Man hat ihn um seinen Hundegenuß gebracht, die Fremden zu beschnüffeln und zu begutachten. Auf dem Treppenabsatz verwandelt indes Frau Laxness ihr Nachwinken für die Fortfahrenden in ein Zuwinken für die Gekommenen. Danach zieht sie sich ins Haus zurück, wohl, um dem alten Isländer unsere Ankunft mitzuteilen.

In Matt geht es immer aufgewühlter zu, und er glaubt, nachdem er schon wieder in seiner Arbeitsstube sitzt, er habe gezittert, und nun muß endlich gesagt sein, weshalb er sich so scheute, den alten Isländer zu besuchen, und zwar jetzt noch eifriger als daheim. Jetzt noch eifriger als am ersten Tage, den er auf Island verbrachte. Jawohl, er scheute sich jetzt vor der Begegnung noch mehr als in den Stunden, da er angekommen war und gebeten hatte, man möge ihn nicht dazu bringen, den alten Isländer in seiner Ruhe zu stören.

Alles in ihm sträubte und sträubte sich, und der Grund war, Matt und die Gefährtin waren Laxness schon zwei Tage vor dem Besuch begegnet und zwar bei der Eröffnung des Kongresses der nordländischen Dichter. Matt und seine Gefährtin waren zwar keine nordländischen Dichter, aber ihr Land grenzte an die Ostsee, und man hatte sie eingeladen, vielleicht probeweise, als Gäste an diesem Kongreß teilzunehmen.

Die Eröffnungsfeier hätte stattfinden können, aber vorn war noch ein Stuhl unbesetzt, der Stuhl war für Laxness vorgesehen, er sollte noch kommen, und dann kam er, und er war eskortiert von Festbeflissenen, die bei derlei Veranstaltungen in aller Welt zu finden sind.

Die versammelten nordischen Dichter empfingen Laxness mit Achtungsbeifall, aus dem die von Begeisterten abgegebenen Handzeichen der Zuneigung herausbuckelten wie Paukenschläge aus einem leisen Trommelwirbel. Einige Tage später glaubte Matt zu erkennen, weshalb man auf Island nicht mehr als Achtungsbeifall für den Mann ausgab, der das größte Literaturgemälde dieses Landes in die Weltliteratur einbrachte. Nun wollten die jungen Dichter dran sein, sie drohten unter dem ewigen Ruhm des Alten auf Island zu ergrauen, und nun wollten sie sich den Ruhm ein wenig teilen.

Und es war ja nicht gesagt, vielleicht war unter ihnen der eine und der andere, dessen Ruhm dem

Alten schon bis ans Kinn reichte, und die jüngeren isländischen Dichter schienen ähnlich von Laxness zu denken wie die jüngeren norwegischen Dichter über Hamsun. Weshalb immer noch Hamsun und Hamsun? schienen sie zu denken, obwohl sie ihn in Gesprächen einen Zauberer nannten und voll von Verehrung für den Alten waren, aber diese Verehrung schien so gesichert zu sein, daß sie jetzt getrost verlangen konnten, der Ruhm, den *sie* erlangt zu haben glaubten, sollte anerkannt werden.

Matt saß einige Stuhlreihen hinter dem isländischen Alten, aber direkt vor ihm saß ein breiter Dichter, und Matt mußte sich etwas verbiegen und um die Ecke lugen, wenn er das jugendliche Genack des alten Isländers sehen wollte.

Matt sah einige Male auf diese Weise zum alten Isländer hin, weil er dessen Reaktionen auf das, was vorn am Rednerpult gesagt wurde, registrieren wollte.

Aber es gab nichts zu registrieren, denn der alte Isländer flüsterte nicht, wie das sonst bei Kongressen zu sein pflegt, mit seinem rechten oder mit seinem linken Sitznachbarn, und die Sitznachbarn flüsterten auch nicht auf ihn hin, und das blieb so, bis ein Mann mit wallendem Blondhaar, feierlich und schwarz gekleidet, mit einer Klarinette auftrat, um für das zu sorgen, was im Heimatland Matts die *musikalische Umrahmung* genannt wird.

Aus dem kleinen Klarinettentrichter des Musikanten flogen Töne, die dem Geschwätz eines Starenschwarms ähnelten, und manchmal setzte der Spieler die Klarinette ab und pfiff pausbackend und schnalzte, wie man Pferden zuschnalzt, wenn sie vorgeführt werden, damit sie eine gute Haltung zeigen. Dann folgten einzelne Pieptöne und Triller, und Matt entdeckte am Genack des alten Isländers, daß am Gegenpol dieses Genacks gelacht wurde, und daß der alte Isländer sich nach vorn beugte, um die Äußerungen der Klarinette besser hören zu können. Und Matt sah das muschelartige Gebilde am Ende des schwarzen Brillenbügels hinter der Ohrmuschel des alten Isländers. Das Gebilde ähnelte den kleinen hellgrauen Muscheln, die die schwarzen Lavasteine und Felsen sprenkeln, wenn der Ozean in die Ebbe geht. Sie saßen da so fest, diese Muscheln, daß Matt sie mit dem Taschenmesser abnehmen mußte, und eine davon steckte er in die Seitentasche seines Anoraks, und dort ist sie heute für ihn wie der Stein eines Zauberrings, und wenn er sie aus der Taschenecke seines Anoraks hervorholt, sieht er sich und seine liebliche Gefährtin mitten im Ozean, am Strand der Insel Island, stehen, sieht Strandläufer, Möwen und Starenschwärme, über die er sich sagen läßt, daß sie auf Island sogar überwintern, weil das Meer beim Einatmen reichlich Gewürm da läßt, von dem sie sich nähren können.

In einem Buch des alten Isländers hat Matt gelesen, daß Reden anzuhören zu den Sachen gehöre, die der am meisten verabscheue, daher wohl seine Reaktionslosigkeit bei den Ansprachen, die gehalten wurden, und seine Hinwendung zum heiteren Klarinettenspiel, ganz besonders, als der Klarinettist am Ende seines Spiels erklärte, daß das Musikstück, das er in den Raum und über die vielen Dichter hingeblasen hatte, eine uralte Melodie wäre, die man jetzt erst wieder aufgefunden hätte, und ob es sich bei diesem Gesage nun um Dichtung oder Wahrheit handelte, das Klarinettengeschnatz entfeierte die überwürdigen Reden, die vorher gehalten wurden. Reden, die bei den Zuhörern Händefalten auslösten.

Die Feier ist zu Ende. Der Kongreß ist eröffnet. Der alte Isländer erhebt sich, er will zum Ausgang, aber einige Kongreßteilnehmer umringen ihn. Es scheinen solche zu sein, in denen die Sucht nach eigenem Ruhm die Verehrung für den isländischen Meister noch nicht verdrängt hat. Sie begrüßen ihn mit Handschlag, sie sagen ein paar Worte zu ihm, und er sagt ihnen ein paar Worte zurück.

Auch Matt steht, ehe er noch begreift wieso, vielleicht von seinem Botschaftsrat ein wenig geschoben, auf einmal dem isländischen Alten gegenüber. Und der alte Isländer reicht ihm die Hand. Matt weiß jetzt schon nicht mehr, ob er bei der Begrüßung seinen Namen bekanntgab, aber er hört sich noch sagen: Ich soll Sie grüßen von den Leuten des Aufbau-Verlages.

Aufbau-Verlag? wiederholt der alte Isländer.

Ja, sagt Matt, der Verlag in Ostdeutschland, in dem Ihre und meine Bücher erscheinen.

Arbeiten Sie noch? fragt der alte Isländer.

Ich bin dabei, es noch einmal zu versuchen, sagt Matt und wird von einem anderen Schriftsteller, der dem alten Isländer die Hand geben will, zur Seite gedrängt.

Der Botschaftsrat gibt zu verstehen, daß Matt hätte ein Treffen mit dem isländischen Alten vereinbaren sollen.

Nein, sagt Matt, man muß Laxness in Ruhe lassen, und seine Abneigung, den alten Isländer zu besuchen, wird noch heftiger, als die Gefährtin ihm übermittelt, was der isländische Alte wirklich gesagt haben soll. Arbeiten Sie dort? soll der alte Isländer gefragt haben, in der Annahme, daß Matt im Aufbau-Verlag im Büro arbeite.

Arbeiten Sie noch? und *Arbeiten Sie dort?* – zwei fast gleiche Sätze, ihr Sinn aber verschieden. Und Matt neigte dazu, den von der lieblichen Gefährtin aufgefangenen Satz für richtig zu halten, weil auch er sich auf sein Gehör nicht mehr verlassen konnte, und vielleicht würde auch er demnächst ein Ding vom Aussehen einer Atlantikmuschel an den Bügel seiner Brille montieren lassen. Ach, das Leben, das Leben!

Diese erste Begegnung mit dem alten Isländer war also vorausgegangen, bevor Matt und seine Begleitung im kleinen Flur des Laxnesshauses ihre Überkleider ablegten, die Blumen auswickelten und der Frau des Hauses überreichten und Ausrufe des Dankes und der Freude von der Hausfrau entgegennahmen. So freuen sich alle Frauen, wenn ein Besuch Blumen bringt, selbst wenn es sich um Blüten handelt, die aussehen wie abgeschnittene Reiherköpfe, dachte der ewig skeptische Matt. Für Frau Laxness war das jedoch kein abgedroschenes Gesage, stellte er alsbald fest.

Dann war er da, tauchte plötzlich mitten im Getümmel auf, stand im Flur zwischen ihnen, begrüßte die Damen, begrüßte Matt und den Botschaftsrat, und er scheint jetzt sehr sicher zu wissen, daß es sich bei den Besuchern um ein Schriftstellerehepaar aus dem Osten Deutschlands handelt. Dafür hatte, wie es schien, der Botschaftsrat gesorgt.

Jetzt gehört hier ein Filmschnitt her:

Sie sitzen in der Wohnstube. Ein Fenster geht auf den Hof hinaus, zwei Fenster oder war es ein einziges übergroßes Fenster? Es läßt Matts Blicke gegen den Hügel mit dem grünen Grasfell prallen. Er setzt sich auf eine gepolsterte Sitzbank. Der alte Isländer sitzt ihm gegenüber auf einem Lederstühlchen, das aus dem Schneewittchenreich zu stammen scheint, und der alte Isländer hockt darauf wie verzwergt. Er wird gewiß benötigt, dieser Platz, der alte Isländer benötigt den Zwergensitz, um konventionelles Gerede für gebetene und ungebetene Gäste herzustellen, denkt der skeptisch verseuchte Matt.

Aber indes schnurrt seine liebliche Gefährtin, die Ruppinerin, um zu beweisen, daß die Matts nicht ganz und gar unberechtigt in dem Hause sind, aus dem so viel komprimiertes Island als Literatur in die Welt hinaus ging, die Titel jener Bücher des alten Isländers herunter, die sie gelesen haben. Aber das sind längst nicht die Titel aller Bücher, die der Alte geschrieben hat. Die Matts kennen keines von Laxness' Dramen, und auch manches andere Buch von ihm ist nicht ins Deutsche übersetzt worden. Ein Schriftsteller braucht die Gunst von Übersetzern, um auch in fremden Ländern bekannt und wer zu sein. Aber diese Gunst wedelt wie Rauch im Winde.

Manches Buch, das die Ruppinerin dem alten Isländer ansagt, hat im Deutschen einen anderen Titel als in Island. Und der Alte erkundigt sich bei seiner Frau, wie der oder der verdeutschte Buchtitel im Isländischen heißt. Und er bemerkt: Ach ja, habe ich das auch geschrieben?

Dann reden sie von Übersetzungen aus dem Isländischen ins Deutsche. Für seinen besten Übersetzer ins Deutsche hält Laxness den Greifswalder Professor K. Professor K. hat mehrere Bücher von Laxness ins Deutsche übersetzt, *Das Fischkonzert* aber, das Buch *Über den Sänger ohne Stimme* hat Herr H. übersetzt. Mit diesem Herrn H. liegt Laxness ein wenig im Streit. Sie streiten um einzelne Wörter, ob die richtig oder schlecht übersetzt sind. Einmal, so erzählt der alte Isländer, habe er den Herrn H. aufgesucht. Er habe sich im Automobil zu H. bringen lassen, habe sich bei ihm vorgestellt, aber H. habe gesagt: Laxness, Sie können nicht Laxness sein, Laxness und ein Automobil, das paßt nicht zusammen. Später aber soll Herr H. gesagt haben: Als mir Laxness die Hand reichte, wars mir, als hätte sie mir Hamsun gereicht. Hamsun, Hamsun, wiederholt Laxness. Etwas Größeres als Hamsun scheint es für Herrn H. nicht gegeben zu haben.

Matt muß daran denken, daß Hamsun auch für Laxness zu einer bestimmten Zeit etwas bedeutet haben muß. Und daß er damals Hamsun über die Schulter geguckt hat, wie wir es getan haben, wie so mancher es getan hat. Wenn Matt sich nicht ganz und gar irrt, hat der alte Isländer sogar bestätigt, daß sein Roman *Der Freisasse* von Hamsuns Roman *Segen der Erde* angeregt wurde. Aber das war vor Zeiten, es war für uns alle vor Zeiten. Wir haben einige Bausteine, die Hamsun uns lieferte, beraspelt und zugehauen und in die Wände unseres literarischen Hauses eingelassen, in die Häuser, die nun unsere eigenen sind.

Matt befragte zwei norwegische Kongreßteilnehmer, einen jüngeren und einen älteren, wie es derzeit in ihrem Lande um Hamsun stehe? Was soll mit Hamsun sein? sagte der ältere Teilnehmer. Er ist ein Zauberer und niemand kommt um ihn herum. Und der jüngere Teilnehmer sagte: Schließlich hat man im Prozeß, den man Hamsun nach dem Kriege machte, zu wenig berücksichtigt, daß er bis zu Hitler vorgedrungen war und dem Vorhaltungen gemacht hatte, und daß er gegen den norwegischfaschistischen Statthalter anrannte, um einige von dem zum Tode verurteilte Landsleute zu retten. Und beide Teilnehmer erzählten Matt, daß Hamsuns Behausung verfalle und für Besucher gesperrt sei. Hamsuns Sohn könne sie mit seinen Mitteln nicht erhalten, und vom Staat her hat man sich bisher nicht entschlossen, Hamsuns Haus und Hof zu übernehmen. Und wieder: Das Leben, das Leben! Man weiß ja, daß eines Tages auch die Leute von der Staatsbiographie Hamsun in einem anderen Licht sehen werden. Seine ideologischen Verfehlungen werden verblassen, der Künstler, der große Epiker wird sichtbar bleiben.

Aber zurück zum alten Isländer. Er hat vor Jahren einen Roman geschrieben, und der Held dieses Romans ist der isländische Bauer und Pferdezüchter Steinar. Er hat einen Schimmelhengst, er züchtet mit ihm. Die Steinarer Kinder behaupten, dieses Tier wäre ein Elfenwesen. Der Bezirksvorsteher und auch ein großer Pferdehändler, sie wollen diesen Hengst kaufen und in Gold aufwiegen, aber Steinar schenkt ihn dem dänischen König. Der König lädt den Bauern nach Dänemark ein, er soll sich ansehen, wie gut es sein Hengst dort hat. In Dänemark läßt sich Steinar von einem fremdländlichen Ideologen, von einem Werber und Prediger der Mormonen, beschwatzen, sich das mormonische Paradies anzusehen, und er wandert mit dem Prediger, einem ehemaligen Isländer, nach Amerika aus.

Wenn man eine Weile in dem Roman *Vom wiedergefundenen Paradies* liest und genau drauf hört, was der alte Isländer da durch die Erlebnisse seines Helden vermittelt, so ist man nicht mehr ganz sicher, ob es sich nur um das Mormonenreich handelt, das dort beschrieben wird, ob es sich nicht auch um ein anderes Land handelt, um das Land, in dem der König einen braunroten Schnauzbart trägt und in Anspruch nimmt, daß alle Erfindungen, die je auf der Welt gemacht wurden, z. B. die Nähmaschine, das Grammophon, der Telegraf, das Radio und alles, alles eben, aus seinem Lande stammen.

Aber genug über diesen Roman, er ist nicht unser Thema. Die Matts erzählen dem alten Isländer, daß sie daheim einen jungen Islandhengst haben, den sie *Krapi* rufen.

Krapi, Krapi, wiederholt der alte Isländer. Sein unzulängliches Gehör hat ihm vermittelt, die Fremden begehren dieses Wort erklärt zu bekommen. Krapi, erklärt der alte Isländer, ist die Farbe von Eis, wenn es ein wenig getaut ist und einen blaugrauen Schimmer annimmt. Es ist eine unbestimmte, doch schöne Farbe.

Die Frau des alten Isländers, von der Wellen des Wohlwollens zu den Matts herüberströmen, lächelt verständnisvoll und erklärt ihrem Mann, daß die Matts einen isländischen Hengst haben, den sie *Krapi* nennen, so wie der Hengst in dem Roman um den Bauern Steinar hieß. Krapi, der Hengst aus dem *Wiedergefundenen Paradies*, sagt die Frau.

Heißt es Krapi, das Pferd? fragt der alte Isländer, habe ich das geschrieben?

Ein fremderer Fremder, als die Matts es sind, könnte leicht zu denken anfangen, daß beim alten Isländer die Sinne nicht allezeit mehr beisammen sind, aber gefehlt, gefehlt. Matt kennt das auch von sich. Es widerfährt ihm oft, und es ist ihm schon früher und in jüngeren Jahren widerfahren, daß er Gestalten, die er durch seine Bücher in die Welt schickte, vergißt, vergessen hat, weil es zu viele, vielleicht viel zu viele sind, und hier beim alten Isländer handelt es sich schließlich nicht um einen menschlichen Helden, sondern um ein Pferd.

Der Kaffee steht eingeschenkt in den Tassen, und die sogenannten Küsse haben sich auf ihm bereits verflüchtigt, er glänzt spiegelglatt und schwarz, und neben den Tassen, mitten auf dem Tisch, liegt auf einem großen Teller Gebäck, aus dem Marmelade hervorlugt.

Matt trinkt einen Schluck vom Kaffee und entschuldigt sich bei der Hausfrau. Es läge nicht an der Güte ihres Gebäcks, wenn er nicht zugreife – Diabetes. Die Frau des alten Isländers erhebt sich und geht hinaus, und Matt fürchtet, er habe sie beleidigt.

In diesem Augenblick (weshalb gerade in diesen Augenblick?) grabscht sich der alte Isländer ein Stück Kuchen vom Teller, ja, er grabscht es, beißt hastig hinein, und er schlingt, so wie einer schlingt, der verschlungen haben will, was er schlingt, bevor wer kommt, der es nicht sehen soll. Er hält das Stück Kuchen in der Zwinge zwischen Daumen und Zeigefinger, so wie wir früher als Dorfkinder unsere Quarkbrote hielten, und er beißt hinein, und er schlingt.

Die freundliche Gastgeberin kommt mit einem Teller zurück, und auf dem Teller sind Schwarzbrotwürfel, die mit Käse und Scheiben von grünem Paprika belegt sind. Futter für ihren diabetischen Gast. Wie bei uns, denkt Matt, wenn die Gefährtin Gastgeberin ist und es ihren Gästen so recht wie möglich macht. Man spürt, wie sie sich mit Blicken bei der Frau des alten Isländers bedankt, und man spürt die Zuneigung der beiden Frauen füreinander ohne Worte anwachsen. Die freundliche Gastgeberin hat soeben ein Buch veröffentlicht. Als die Rede drauf kommt, tut sie es ab, als sei es eine Geringfügigkeit, ein Spielchen, das sie sich gemacht hat, weil jeder Mensch in Island, der etwas auf sich hält, ein Buch geschrieben haben sollte. Beide Frauen, die sich nun hier im isländischen Dichterhaus treffen, haben ältere Männer genommen, Männer, die schon mit Büchern auf dem Markt waren, als sie sie kennenlernten. Und beide Frauen scheinen ganz unangebracht zu empfinden, daß sie einen Teil ihrer Kräfte an die Männer und deren Werk abgaben. Matt sieht das als eine Fehlmeinung der Frauen an. Er hat den Eindruck, daß z. B. die Ruppinerin alles das, was er bisher in Prosa gesagt hat, viel komprimierter in ihren Gedichten sagte, und daß sie noch viel Zeit hat weiterzukommen, weiter, als er je gewesen ist. Und diese Ansicht von Matt ist kein plumper Dank.

Sie reden jetzt vom Film. Matt will vom isländischen Alten wissen, ob der mit der Verfilmung seiner Romane zufrieden ist. Drei seiner Romane wurden verfilmt. In der Romanverfilmung *Fischkonzert* spielte Laxness sogar selber mit. Er spielte den Königlich-dänischen Statthalter in der Hauptstadt Reykjavik, in der der Sänger ohne Stimme, Garda Holm, zu Hause war.

Der alte Isländer läßt sich nicht zur Bewertung

seiner Romanverfilmung verlocken. Hat er dies oder das an den Verfilmungen auszusetzen, gehts ihm so, wie es Matt ergeht und erging, wenn er z. B. an die Illustrationen denkt, die zu seinen Arbeiten gemacht wurden. Er braucht lange, um seine Vorstellungen von den Personen und Örtlichkeiten, die er erfand, mit den Vorstellungen, die der Illustrator hatte, zu vereinbaren, und manchmal gelang es ihm gar nicht.

Was aber den alten Isländer betrifft, so weiß Matt es erst zum Schluß des Besuches, weshalb der sich in seinen Urteilen zurückhält.

Es tritt etwas ein, was die Skepsis Matts begünstigt: In den Händen des alten Isländers erscheint ein Buch. Es ist ihm zusammen mit einem Schreibstift von seiner freundlichen Frau herübergereicht worden. Es ist die deutsche Übersetzung von Laxness' Roman *Islandglocke.*

Das Ende der Audienz scheint gekommen zu sein. Na gut, denkt Matt, es ist ja Gnade mehr als genug, die sie als Fremde und als Eindringlinge empfangen haben. Schließlich war gerade er, Matt, dafür, den alten Isländer nicht zu belästigen.

Laxness schreibt ächzend etwas in das Buch ein, eine Widmung. Matt muß an seinen Vater denken, der beim Schreiben stets ein wenig ächzte. Vorwürfig allerdings denkt er an sein eigenes Verhalten, weil er und die Ruppinerin ihre Besucher niemals freiwillig, sondern erst auf Bitten mit autogrammierten Büchern versehen.

Und Matt bedankt sich glücklich, ähnlich wie seine Besucher sich bei ihm bedanken, und die Skepsis flüstert: Es riecht nach Routine. Den Matts fällt ein, daß auch sie Bücher mitbrachten, um ihre Schriftstellerexistenz zu beweisen. Matt gibt dem isländischen Alten sein Buch *Selbstermunterungen*, und die Ruppinerin gibt dem Gastgeber eine Auswahlsammlung ihrer Gedichte, ein buntes Reclambändchen mit dem Titel *Beweis des Glücks.* Sie haben schon im Hotel Widmungen für den alten Isländer in ihre Bücher geschrieben. Riecht das nicht auch nach Routine?

Skepsis und Zweifel, Zweifel und Skepsis, aber in diesem Augenblick, gerade in diesem Augenblick zerbricht die Routine. Die Ruppinerin kann beweisen, daß das Schaffen des alten Isländers bis in ihre Gedichte drang. *Die Dichter*, heißt ein Titel in ihrer Sammlung. Dieses Gedicht fängt so an: *Die Dichter machen ihr Land. In der Welt wüßte man nichts von Island, wenn Laxness nicht schriebe.* Die Ruppinerin zeigt auf die Stelle in ihrem Gedicht, und liest sie laut.

Schweigen in der Stube, selbst der Hügel mit dem grünen Grasfell hinter dem Haus scheint sich interessiert herüberzubeugen.

Sie stehen wieder in dem kleinen Flur, wieder das Gequirl und Gemenge, wie zu Anfang. Schon greifen die Eindringlinge nach ihren Mänteln, da geschieht etwas Unerwartetes: Matt, der neben dem isländischen Alten steht, mit der Absicht sich zu verabschieden, kriegt von dem angedeutet, er möge Laxness eine kleine gewendelte Holztreppe hinan folgen. Diese Wendung der Audienz scheint sogar die freundliche Frau des alten Isländers zu überraschen. Haben die Strahlungen von Sympathie, die die beiden Fremden aussenden, den Routinepanzer durchstoßen?

Sie sind in der Arbeitsstube. Zunächst Laxness und Matt allein, und sie bleiben merkwürdigerweise eine Weile dort oben, allein.

Unten im Flur scheint ein Zögern entstanden zu sein, weil nicht genau erkennbar wurde, ob die Einladung ins Arbeitszimmer allen oder nur Matt gegolten habe.

Ach, die kleine heimelige Arbeitsstube mit dem Pult. Matt kennt sie ebenfalls schon aus einem Filminterview. Ein Wonneschauer packt den alten Matt, ein Wonneschauer, wie ihn vielleicht Backfische haben, wenn sie ihren verehrten Filmhelden gegenüberstehen.

Der isländische Alte tritt an das Pult und blättert in Matts Buch. Er liest die Widmung und schlägt dann das Buch in der Mitte auf und fängt flüsternd an zu lesen.

Matt ist es peinlich, er sieht beim Fenster hinaus. Er will sich die Landschaft vor dem Fenster einprägen, die dabei ist, wenn der alte Isländer hier oben in der kleinen Stube schreibt. Es ist eine dunkle Landschaft, die dem Alten bei der Arbeit zusieht.

Der alte Isländer liest jetzt laut: *Noch immer versuche ich mich mit dem, was ich schreibe, an das heranzutasten, was mich unverwechselbar macht, was nur ich alleine kann.*

Es geschieht nicht aus Eitelkeit. Die Zeit, da auch sie beim Schreiben im Spiel war, ist vorüber; es geschieht, um mein Hiersein zu rechtfertigen.

Matt hört also Worte, die er vor fünfzehn Jahren zueinandersetzte, aus dem Munde des alten Isländers, und der liest halbflüsternd weiter: *Ich frage mich, wieso die Menschen im allgemeinen literarische Figuren gelten lassen und ihnen sogar Mitspracherecht in ihrem täglichen Tun einräumen, die Existenz von Geistern aber verneinen.*

Demnach spielt die schriftliche Fixierung von Gei-

stern eine wichtige Rolle, und die Literatur ist – so mystisch das auch klingen mag – eine Art Geisterbeschwörung.

Der isländische Alte senkt das Buch, sieht den hiesigen Alten für einige Augenblicke an und macht dann eine Feststellung, die Matt hier nicht niederschreiben kann, ohne in den Verdacht zu geraten, sich zu berühmen.

Aphorismen werden heute kaum noch geschrieben, sagt der isländische Alte dann. Wann machen Sie das, und wie machen Sie das?

Matt antwortet, und er weiß nicht, woher die Vertraulichkeit kommt zu sagen, was er sagt: Ich habe gehört, sagt er zum isländischen Alten, Sie gehen jeden Vormittag mit Ihrem Hund spazieren, und auch ich gehe morgens mit meinem Hund spazieren und dabei fällt mir manchmal solches ein. Ich diktiere es auf mein kleines Tonbandgerät, das ich bei mir trage, und schleppe es nach Hause.

Scho machen Sie das, sagt der alte Isländer. Er spricht unser *S* wie ein Däne, spricht es wie ein *SCH* aus. Für einen Augenblick erscheints Matt, als wolle der isländische Alte mehr sagen, doch der alte Isländer nickt nachdenklich, als ob er darüber nachdenke, ob er das nicht auch einmal probieren solle. Matt benutzt die Pause, die entsteht, Laxness zu sagen, was er dem die ganze Zeit schon zu wissen geben wollte.

Aus Ihrem Buch *Seelsorge am Gletscher* ist mir inne geworden, sagt er, wohin Sie nach Ihrer Reise durch die Philosophiesysteme und die ideologischen Denkschattierungen der Menschheit gelangten.

Der alte Isländer weiß nicht, von welchem seiner Bücher die Rede ist. Er kennt den deutschen Titel nicht. Aber dann kommt auch die freundliche Frau, zusammen mit der Gefährtin, ins Arbeitszimmer. Sie haben einander vorhin unten im Flur schon herzlich umarmt und haben sich sehr verstanden, die beiden Frauen. Und nun erklärt die freundliche Frau Laxness ihrem Mann, von welchem Buch Matt gesprochen hat.

Scho, scho, Scheelschorge am Gletscher, sagt er, doch er bestätigt nicht, ob Matt im Recht ist oder nicht. Wieder kein Urteil und keine Verurteilung, kein Widerspruch von ihm, wie vorher, als Matt ihn fragte, ob er mit der Verfilmung seiner Romane zufrieden sei.

Inzwischen ist die kleine Gesellschaft insgesamt oben in der Arbeitsstube, auch der Botschaftsrat und seine Frau, und es wird durcheinander geredet, und die Ruppinerin fotografiert die beiden Alten, wie sie beieinander am Fenster stehen. Freilich, die Worte, die der alte Isländer insichgekehrt und halblaut zu Matt sagt, gehen nicht mit auf den Film, und sie heißen: Aber ich schreibe nicht mehr.

Und damit hat Matt eigentlich recht bekommen, und es zeigt sich, daß er sich nicht geirrt hat und daß das, was der alte Isländer in *Seelsorge am Gletscher* gesagt hat, das Letzte gewesen ist und das, was noch sagbar war, das, was er als recht und richtig empfand, was jener alte Chinese vor mehr als tausend Jahren als gültig erklärte: *Durch viele Worte wird der Geist erschöpft. Besser ist es daher, sich an das Innerste zu halten.*

Der Isländer ist dir im Alter um zehn Jahre voraus, denkt Matt, und vielleicht bist auch du in zehn Jahren, wenn dich nicht vorher der Deibel geholt hat, soweit und schreibst nicht mehr.

Nachtrag:

Matt brachte die vier Farbfilme, die er auf Island gemacht hatte, zum Entwickeln und zum Kopieren, und als er sie abholte, fehlte der Film, auf dem der Besuch Matts beim alten Isländer hätte zu sehen sein sollen. Dieses Zusammensein am Fenster, bei dem der alte Isländer bekannte: Aber ich schreibe nicht mehr. Diesen Satz, an dem nicht zu rütteln war, dem kein *Leider* und kein *Gottseidank* folgte.

Der Film war vertauscht worden, die Abzüge zeigten eine südliche Landschaft mit Agaven und Palmen, mit Menschen in Urlaubsposen am Meer unter heißer Sonne.

Man wollte Matt im Fotogeschäft für den Verlust jenes Geld zurückgeben, das der Rohfilm gekostet hatte. Was hätte das gesollt? Matt nahm das Geld nicht, er bestand auf Nachforschung. Jetzt sind Wochen und Wochen vergangen, möglich, daß die Nachforschung zu nichts führt, möglich, daß es niemals Fotos geben wird, die beweisen, wie Matt und der alte Isländer in dessen Arbeitszimmer zusammenstanden und miteinander redeten. Die Begegnung wird ein Traum geblieben sein, mit dem Matt seit Jahrzehnten umherging.

Anhang

Nachwort

In einem seiner beiden Schreibsekretäre fanden sich Mappen mit Manuskripten, an denen er, im Lauf der Jahre, immer wieder gearbeitet hat. Ich kannte die meisten Geschichten, er hatte sie mir vorgelesen, als er sie schrieb. Von manchen Texten existieren vier, fünf Fassungen. Er hat sie immer weiter zu *verdichten* versucht. Er hatte, als er diese Geschichten, manchmal ganz kurze Kalendergeschichten, schrieb, keine Sammlung im Auge oder im *Sinn*, er schrieb zweckfrei, schrieb Sachen auf, die ihn beschäftigten, bedrängten oder die ihm Spaß machten und ihm gefielen.

Jetzt nun, als ich nach so vielen Jahren den Texten wieder begegnete, riefen sie Erinnerungen in mir auf, denn ich war die Teilnehmerin und Teilhaberin vieler Ereignisse, Geschehnisse und Erlebnisse, von denen er berichtete. Ich war mit ihm im September 1987 in Island, ein Erlebnis, das ersehnt und erträumt war: die Begegnung mit Halldór Laxness, dem Schriftsteller, den er am meisten verehrt, am innigsten geliebt hat, eine Lebens-Erfüllung, ein Ereignis, das tief in seine Existenz hineinwirkte und die letzten Jahre seines Lebens und die Arbeit am dritten Bande des »Laden« überglänzte. Daß (nach dem Schreiben der Erzählung) die Fotos von Island doch noch aufgefunden wurden mit Hilfe des Fotografen Gerhard Kießling, der im Laufe von Jahrzehnten viele der besten und schönsten Strittmatter-Porträts gemacht hatte, war ein *Überdrauf*, wie Strittmatter es nannte, und dokumentiert nun, in der großen Bildbiographie des Aufbau-Verlages, daß die Island-Reise nicht nur ein lebenslanger Traum des Autors Erwin Strittmatter war, sondern in Wirklichkeit stattgefunden hat.

Ich kenne den Urgrund all dieser Geschichten. Wir haben zusammen das Grundstück bei Rheinsberg gefunden, den Ort Schulzenhof, in dem ich heute noch lebe, der bei ihm, in der Erzählung, Grünhof heißt. Alle Hoffnungen, die er 1954 auf das Leben an diesem Ort setzte, haben sich erfüllt. Er hat ihm die *Poesie* entsogen, die in diesem Fleck Erde steckte, er hat hier seine bäuerlichen Instinkte ausgelebt, zu meiner Unfreude oft, weil die strengen Tagesabläufe, die von Tieren und Futterproduktion diktiert wurden, meinem lässigeren Lebensgefühl widerstanden..

Ich kenne alle die Menschen, die in diesen Geschichten vorkommen: ich habe die Pferdeleute im

Hotel Rossija gesehen, über die er schrieb, ich war bei der Fahrt mit der *Alten Frau* dabei, die ihrem Vetter etwas Glanz in seine Hütte zu bringen gedachte und so bitter enttäuscht wurde (es war Strittmatters Mutter), ich kannte den Mann, der seiner Geliebten entgegenfuhr, ungeachtet verworrener Lebensverhältnisse (es war Strittmatters Bruder Heinrich). Ich kenne auch den Staatssekretär, den Stellvertretenden Minister für Landwirtschaft, der krank aus Indien zurückkam und in den Verdacht geriet, die *Cholera* zu haben. Diese Erzählung, im Dezember 1967 in der Zeitschrift »Neue Deutsche Literatur« gedruckt, hat Strittmatter Beschimpfungen und gefährliche Verdächtigungen eingetragen, er wurde 1968, zur Zeit des Prager Frühlings, beschuldigt, Anführer einer staatsfeindlichen Fraktion von Schriftstellern zu sein. Den Stellvertretenden Minister, der zu Strittmatter hielt, kostete sie, mit einem Herzinfarkt, fast das Leben. Die Stellung dann sowieso. Hier nun, nach fast dreißig Jahren, wird die Erzählung das erste Mal in einem Buch gedruckt.

Tief berührt bin ich von den Kalendergeschichten, den kleinen, rein menschlichen Bildern aus der Natur, vom Leben der Bäume und Sträucher, der Seen, der Tiere, der Wandlungen von Himmel und

Himmeln, von der Bewegung des Menschen in dieser erhabenen Welt. Und wie *eingegossen* in diese Bildwelt die Gestalt unseres damals wohl fünfjährigen Sohnes Matthes, der den Vater mit seiner Art zu reden bezauberte. Er war immer in Vaters Nähe, wuchs unter seinem Schutze heran und starb fünfunddreißigjährig, drei Wochen vor dem Vater (am Herzen). Diese Bildsplitter, die der Autor aufgefangen hat, diese atmenden Zellen sind für immer Keime des Lebens.

Geschichten ohne Heimat hat er auf die Deckseite der Pappmappe geschrieben, in der er die Texte versammelte. Eben weil er nicht wußte, wohin sie gehörten, was er mit ihnen anfangen würde. Dabei sind wir geblieben, die Verleger und ich. Ich mit dem merkwürdigen Gefühl des Unerlaubten, des Unrechts. Wie ein Kind, das heimlich die Sachen der Eltern anfaßt. Denn wir hatten unser Leben lang separierte Behältnisse mit unseren Schriften, unseren Geheimnissen. Nie wäre mir zu seinen Lebzeiten eingefallen, an einen seiner Schränke, seiner Schreibsekretäre zu gehen. Als er starb, hat er mir alles ohne Einschränkung und offen hinterlassen, in der Gewissheit, ich würde in seinem Sinne handeln, mit den hinterlassenen Texten verfahren, wie er es getan hätte. So habe ich die gültige Fassung der Geschichten herzustellen, herauszuheben und zu bewahren versucht. Aber trotzdem immer mit Atemanhalten: habe ich ein Recht, es zu tun? Ich habe es schon bei »Vor der Verwandlung« getan, dem Buch, an dem er in seinem letzten Lebensjahr schrieb. Hier nun die »Geschichten ohne Heimat«, deren Ursprünge zum Teil vierzig Jahre zurückliegen, deren Wirkungen aber ganz gegenwärtig sind, wie von eben geschehendem Leben.

Schulzenhof, am 8. April 2002 *Eva Strittmatter*

Unwiderruflich

Eines Tages in der Jugend
sitzt du und siehst für
einen Augenblick wie
durch ein eben gewachsenes,
winziges Auge – vielleicht
ein Loch, stecknadelstich-
gross – im Herzen – in die
Welt und heiliges Ent-
zücken packt dich.
Wie ein Missetäter schaust
du dich um: Hat's jemand
gesehn, dass du heimlich
was sahst, was du nicht
sehen durftest und was dich
doch anzog wie etwa das
„Doktorbuch" deiner Mutter,
das sie, damit du's nicht
fandst, im Wäschespind
vor dir verbarg.

– 2 –

Und das Loch – nehmen wir
an, dieses stecknadelstichgroße Loch im Herzen – ver-
ackte sich wieder, nehmen
wir an, mit dem Sand
der Furcht.

Denn da war niemand,
dem du was sagen und
fragen konntest, und der
eine Mensch, der wirklich
Seite an Seit mit dir geht –
weiss man wie lange? –
der war noch weit ~~draussen~~
~~auf den Teichen der~~
~~Zukunft~~ und vielleicht
eine einzellige Alge auf
den Teichen der Zukunft.

Und was sollte man sagen?
Hatte man Worte dafür? Man
hat sie noch jetzt so
mühsam. Und wie ge-
klagt: Wem sagen, wenn
man

die ungläubigen Lächeln
schon auftauchen sah
wie Masken, die aus
Nacht an's erhellte Fenster
treten.

Und man stand auf und
ging seiner Wege nachdenklich,
doch froh im Grunde, dass
das, was man gesehen hatte
in einer Art von Schwindlig-
keit; überhaupt nur Schwindel,
vielleicht – fast hoffentlich –
war.

Der Weinstock im Hofe der
Eltern war wieder der Weinstock, das Haus war ein
Haus und nicht mehr
hundert Kubikmeter gefangener
notdürftig abgerichteter
Luftraum. Man war wieder
der, der noch lernen musste

-4-

Unbehobelt vom Leben,
wie sie meinten, noch
unberechtigt mitzureden
in ihrer Sprache aus
Groschenklappen.

Aber man ~~x~~ vergass es nicht,
was man da einmal –
nehmen wir an durch ein
Stecknadelstich grosses Loch
im Herzen – gesehen hatte.

Man vergass es nicht, und
wünschte sich's insgeheim
wieder. (Nur einen Blick
durch das Schlüsselloch in
die Weihnachtsstube!)
Man vergass es nicht, und
eines Tags, man war viel
allein und vom Kummer
so satt, überfressen, da
war's wieder da – nehmen
~~wir~~ wir an das Stecknadel-
stichgrosse Loch im Herzen.

(Vielleicht war der Sand der Furcht zur Seite gerutscht, oder das Loch war gewachsen, war jetzt stecknadelkopfgross?)

Wie's auch war, die Einsicht (im Sinne des Worts) blieb zwei Tage.

22.9.67.
Aus dem Tagebuch

DER SELBSTBETRUG

Sie hatte sich ein Karrband um die Schulter und um die Brust gelegt, eine grobe Schärpe, mit der~~en Hilfe~~ sie einen großen Handwagen, einen Hundewagen, zog. An die linke Deichselseite war ein Hund gespannt. ~~Der Hund~~ [Er, ein hellgelber Kettenhund,] zerrte mit heraushängender Zunge; ~~Ein~~ [hellgelber] ~~Kettenhund, der~~ [Er hatte] es eilig, ~~hatte~~ auf's Feld und aus dem Geschirr zu kommen, um nach Hasen und Mäusen jagen zu können. ~~Es war ein hellgelber Hund, und zu seinen Vätern mochte ein Schäferhund gehört haben.~~ Die Frau ~~bremste den Eifer des Hundes ab.~~ [lehnte sich zurück und [illegible] mit der Deichsel] ~~Sie wollte nicht rennen,~~ sie wollte ~~Zeit gewinnen, sich~~ [den Mann] ~~Leute zu~~ betrachten, d~~ie~~ vor dem Dorfgasthaus aus einem modernen Auto stieg~~en~~.

Der ~~etwa fünfundfünfzigjährige~~ Mann, der aus dem Auto stieg, erkannte die Frau ~~sofort~~ und entsann sich ihres Namens: Grete Nothnick. Sie ~~mochte~~ [war] ein paar Jahre älter ~~sein~~ als er, ~~diese~~ [doch] ~~Frau mit dem Hundewagen~~ [ihr Gesicht schien alterlos zu sein, denn] ~~I~~[i]hr Haar, ~~das~~ in der Kindheit hellblond gewesen, ~~war,~~ [und jetzt] mochte ~~jetzt~~ [es] grau sein, aber auf die Entfernung sah es immer noch aus wie hellblond. ~~Das Gesicht der Frau war alterlos, wie das bei hellblonden Menschen, bei Teilalbinos, häufig der Fall zu sein pflegt.~~

~~Der Mann erkannte die Frau, aber die Frau erkannte den Mann nicht.~~ Der Mann hatte ein gutes Gedächtnis für Menschengesichter. ~~Menschengesichter~~ [Sie] waren ~~für ihn~~ schon in der Kindheit [waren sie ihm wie] Bücher gewesen, in denen er mit den Jahren ~~immer~~ besser ~~zu~~ [und besser] lesen ~~lernte~~ [gelernt hatte]. Er erinnerte sich, daß ~~früher~~ [vor Jahrzehnten] die Mutter der Frau mit dem Hundewagen auf der Chaussee entlang gefahren war, ~~und daß~~ das Mädchen

Grete damals den Wagen hinten schob, um ihrer Mutter und dem Hunde die Last zu erleichtern. Und es ist vielleicht noch der kleine Hundewagen wie damals, dachte er, und es war ihm, als ob die Zeit fünfzig Jahre still gestanden hätte.

Es war das Dorf, in dem der Mann seine Kindheit bis zum siebenten Jahr verbracht hatte. Er war in der Zwischenzeit in vielen fremden Ländern gewesen, und er war auch ein oder zwei Mal durch dieses Dorf gefahren, aber er hatte nicht angehalten, teils, weil er glaubte, keine Zeit dazu zu haben, teils weil er fürchtete, sich die Verklärungen zu zerstören, mit denen seine Kindheit diesen Fleck Erde ausgestattet hatte.

Eine Weile später stand er vor den Kastanien auf dem Hofe der Schule. Hier war das Foto: ZUR ERINNERUNG AN MEIN ERSTES SCHULJAHR entstanden, das er noch besaß. Hier standen sie also, die ganzen fünfzig Jahre, diese Kastanien, dachte er, und ich gäbe was drum, zu wissen, worauf sie hier die fünfzig Jahre warteten. Und das dachte der Mann auch, als er den großen Grasgarten mit den verkrüppelten Apfelbäumen und den Birnbaum im Hofe des Onkels sah, der nicht um einen Zentimeter gewachsen zu sein schien.

Er konnte lange nicht schlafen, diese Nacht. Er dachte an die Eckchen und Fleckchen des Dorfes, die er im Laufe des Tages aufgesucht hatte, dachte an die Bäume und an einige Menschen, die er wiedergetroffen hatte, die sich in fünfzig Jahren gleich geblieben zu sein schienen. Und erst gegen Morgen erkannte er den Selbstbetrug, zu dem ihn seine Augen verführt hatten.

Natürlich hatten sich die Blätter am Birnbaum im Hofe seines Onkels in fünzig Jahren fünfzig Mal erneuert, und die Rinde des Birnbaumes hatte sich vielleicht nicht so häufig wie die Blätter, aber doch mehrmals in den vielen Jahren erneuert. Es war in Wirklichkeit nichts mehr von dem Birnbaum da, den er als Kind berührt hatte. Es wuchs nicht das alte Gras im Grasgarten, über das

-3-

auf dem er damals ein Fohlen grasen ließ. Der Hundewagen der Grete Nothnick war, so gut wie sicher in seinen Teilen in den fünfzig Jahren erneuert worden, so daß jetzt die Grete einen ganz anderen Hundewagen über die Landstraße zerrte als damals ihre Mutter. Die Zellen, die des Menschen, Grete ausmachten, hatten sich in den fünfzig Jahren vielemals erneuert. Sie kannte ihn nicht mehr, und früher hatte sie ihn gekannt, – auch das hatte sich an ihr verändert. Nur der Raum, der von der früheren Grete eingenommen wurde, wurde auch von der heutigen Grete noch beansprucht. Und das war's wohl auch beim Birnbaum und dem Grasgarten; Sie benutzten für ihr Dasein noch die alten Räume, in denen sie längst andere geworden waren, verschiedene von denen, die er vor fünfzig Jahren gesehen hatte.

Er erkannte, daß er sich gern und willig von den unsichtbaren Veränderungen beirren ließ, weil sie seinen Erinnerungen schmeichelten, und daß die sichtbaren Veränderungen ihn in diesem Falle irritierten.

Viele Tage wußte er nicht, ob es nicht ganz und gar sinnlos gewesen war, das Dorf seiner frühen Kindheit wieder aufzusuchen, besonders, wenn er bedachte, das die sinnvollsten Veränderungen in ihm stattfanden, weil er sich befähigt fand, seinen geistigen Raum zu erweitern.

es gab dort nichts mehr, was so war, wie er's in Erinnerung hatte, sofern er nicht gewillt war, sich selbst zu betrügen, und das wollte er nicht.

31.1.66
3.Fassung

DIE RANDFICHTE

Am Rande einer Schonung aus siebzehnjährigen Kifern stand eine Fichte, ~~auch~~ die ~~Fichte~~ war siebzehn Jahre alt, ~~man mußte nur ihre Astquirle zählen~~, doch im letzten Jahr war ihr Mitteltrieb krummgewachsen. ~~Da~~ Sie ~~abseits~~ stand, ~~war sie dem Schutze der Kiefern~~ Schonung entwachsen, ~~jetzt~~ prallten die Winde ~~zuerst~~ auf sie, ~~wenn~~ sie über die Schonung hinfuhren. Ich ~~betrachtete den Stamm der Einzelgängerin und sah~~, daß ~~sich mit ihr vor~~ sieben Jahren das Gleiche ~~ereignet haben mußte~~. ~~In der zehnten~~ ~~Am~~ zehnten Astquirl war ~~der Stamm~~ gekrümmt, ~~hatte einen Buckel~~. Sie war also ~~wieder in die Gemeinschaft der Kiefern~~ zurückgebuckelt. ~~Sieben Jahre gings gut, und nun~~ ~~hatte sie im Vorjahr der Wuchsdrang wieder über die Kiefern hinuasgetrieben, und wieder mußte sie mit einem Buckel bezahlen.~~ ~~Sie gab mir zu denken, die Fichte, gab mir zu denken.~~

Auch damals hatte sie sich über die Kiefern erhoben und war schließlich wieder in die Kiefergemeinschaft zurückgebuckelt.

Erwin Strittmatter
Eine Biographie in Bildern

Herausgegeben von Eva Strittmatter und Günther Drommer

224 Seiten. Gebunden
Etwa 296 Abbildungen
ISBN 3-351-02541-6

Von privaten Schnappschüssen bis zu künstlerischen Fotos – die erste Bildbiographie über Erwin Strittmatter stellt alle Stationen seines Lebens in weitgehend unbekannten Fotografien dar: als Schüler, Bäckerlehrling, Soldat, »Katzgraben«-Autor mit Brecht, in Schulzenhof mit seinen Pferden, bei der Schreibarbeit, bei Lesungen, mit Künstlerfreunden und immer wieder mit der Familie, den Söhnen und seiner Frau Eva.

Eine besondere Kostbarkeit sind die von Strittmatter selbst gemachten Aufnahmen; sie zeigen seinen Blick und seine persönliche Wahrnehmung. Das umfassende Bildmaterial wird durch Raritäten vervollständigt, wie Strittmatters Schulzeugnisse oder seinen Lehrbrief . Ergänzend dazu stehen Textauszüge aus vielen seiner Bücher, und zum ersten Mal werden Briefe von Erwin und Eva Strittmatter veröffentlicht, die von der tiefen, schöpferischen Beziehung zwischen beiden sprechen.

Aufbau-Verlag

Günther Drommer

Erwin Strittmatter
Des Lebens Spiel

Eine Biographie

Originalausgabe

245 Seiten
Mit 30 Abbildungen
Band 1654
ISBN 3-7466-1654-9

In Strittmatter lebten der Alltagsmensch und der Dichter. Manches, an das sich Esau Matt im »Laden« erinnert, hat sich auch in des Autors Leben so zugetragen, vieles ist allenfalls ähnlich, nicht weniges hat so, wie es beschrieben ist, nie stattgefunden. In dieser kenntnisreichen, einfühlsamen Biographie wird den Berührungspunkten zwischen Strittmatters Leben und seinem Schreiben nachgegangen, den Spannungen zwischen beiden Polen und ihren Konflikten. Günther Drommer beschreibt viele bislang unbekannte Einzelheiten aus dem eindrucksvollen Jahrhundertleben des »Laden«-Autors, dessen Bücher in mehr als vierzig Sprachen übersetzt wurden und in ihren Auflagen nach Millionen zählen.

AtV
Aufbau Taschenbuch Verlag

Erwin Strittmatter

Der Laden

Romantrilogie

3 Bände in Kassette
Mit Szenenfotos aus dem
gleichnamigen Film
von Jo Baier

1496 Seiten
Band 5420
ISBN 3-7466-5420-3

Der Laden ist der magische Punkt in Erwin Strittmatters Romantrilogie. Hier treffen sich die Bossdomer, die Einwohner des kleinen Heidedorfes in der sorbischen Niederlausitz. Sie kaufen ein und erzählen sich Neuigkeiten. Esau Matt, gelernter Bäcker und heimlicher Schriftsteller, beobachtet und sammelt menschliche Eigenarten. Er erzählt von seiner Familie, den Zerwürfnissen und Versöhnungen. Dorfalltag und Weltgeschehen vermischen sich auf amüsante und skurrile Weise: »Ob Sommer, ob Winter, ob Krieg, ob Frieden – das Merkwürdige ist stets unterwegs.«

Erwin Strittmatter

Der Wundertäter

Romantrilogie

3 Bände in Kassette
1555 Seiten
Band 5426
ISBN 3-7466-5426-2

Die »Wundertäter«-Trilogie, 1957, 1973 und 1980 entstanden, zeichnet den dornenreichen Weg des Stanislaus Büdner aus Waldwiesen vom poetisierenden Bäckergesellen zum kritischen Schriftsteller nach. Mit Erwin Strittmatters unverwechselbarer Erzählkunst aus Poesie, Menschenkenntnis und Humor gehört sie zu den großen Werken der neueren deutschen Literatur.

Erwin Strittmatter

Ole Bienkopp

Roman

418 Seiten
Band 5404
ISBN 3-7466-5404-1

Ole Bienkopp hat einen erfinderischen Bauernverstand. Der treibt ihn an, Dinge zu tun, die andere als unvernünftig belächeln. Für Ole aber ist vernünftig, was Menschen nutzt, die NEUE BAUERN-GEMEINSCHAFT zum Beispiel, in der die mit wenig Land sich zusammentun und einander helfen. Der Weg für die Gerechtigkeit, Oles alter Traum, scheint frei. Doch Vorurteile, Verrat und Neid türmen Berge auf. Am schmerzhaftesten aber trifft Ole die Unvernunft einer überorganisierten Bürokratie und der Buchstabengehorsam derer, die er zu den Gerechten zählte. Voll Trotz und Zorn tritt Ole gegen den Parteiapparat an, der ihn in Stich gelassen und tödlich enttäuscht hat.

AtV
Aufbau Taschenbuch Verlag

Erwin Strittmatter

Tinko

Roman

395 Seiten
Band 5400
ISBN 3-7466-5400-9

Mit tiefem Mißtrauen beobachtet Tinko den fremden Mann, der eines Tages im Dorf auftaucht. Er ist ein »Heimkehrer«, einer, der gerade aus der Kriegsgefangenschaft entlassen wurde. Tinko soll »Vater« zu ihm sagen, aber für ihn bleibt er der »Heimkehrer«. Und Tinkos böse Ahnungen bestätigen sich: Mit dem Heimkehrer kommt Unfriede und Streit. Er nennt Großvaters 50-Morgen-Hof eine Knochenmühle und will, daß Tinko in die Schule geht statt aufs Feld.

AtV
Aufbau Taschenbuch Verlag

Erwin Strittmatter

Ochsenkutscher

Roman

346 Seiten
Band 5415
ISBN 3-7466-5415-7

In einem Dorf in der Niederlausitz kommt Lope Kleinermann zur Welt, Kind einer armen Landarbeiterfamilie. Sie lebt vom kärglichen Deputat, das ihnen der Herr von Rendsburg für ihre harte Arbeit gewährt. Die tägliche Not wird immer größer, und verzweifelt sucht Lope eine Antwort, warum es so ungerecht zugeht in der Welt. Denn auch die anderen Leute im Dorf haben ihre Sorgen und wenig Freude. Erwin Strittmatter – wie Lope aufgewachsen zwischen Braunkohlengruben und Rübenfeldern – kannte das Leben der Kumpel und Tagelöhner, ihre Sehnsucht nach Glück und ihren Humor. Aus dieser Vertrautheit gewinnt der Roman über den heranwachsenden Dorfjungen, der sich mit dem Zustand seiner Welt nicht abfinden will, Wärme und Lebendigkeit.

AtV
Aufbau Taschenbuch Verlag

Erwin Strittmatter
Pony Pedro

112 Seiten
Band 5425
ISBN 3-7466-5425-4

Endlich steht das Pony im Stall. Ein kleiner, flinker Brandfuchs. Sein neuer Besitzer, der Schriftsteller, dem die Stadt zu eng wurde und der eine Kate auf dem Lande kaufte, hatte sich aller alten, vom Großvater gelernten Pferdehändlerkniffe erinnert. Denn Pedro sollte es sein, dieses fellbespannte Bündel Energie, das die jahrelang unterdrückte Pferdeleidenschaft des Schriftstellers entzündete. Nun müssen sie sich aneinander gewöhnen, was nichts anderes heißt, als voneinander zu lernen. Pedro wird den Wagen ziehen, den Reiter auf seinem Rücken dulden und Dinge tun, die die Menschen als Klugheit bestaunen. Erwin Strittmatter, der sich wie kein zweiter auf Worte und Pferde versteht, »übersetzt« uns Pedros Verhalten: es geht um Erfahrungen. So vermittelt diese wunderschöne Pferdegeschichte mit dem Verständnis auch die Achtung vor allem Lebenden, eine der tiefsten Wurzeln Strittmatterscher Poesie.

Erwin Strittmatter

Ein Dienstag im September

16 Romane im Stenogramm

221 Seiten
Band 5406
ISBN 3-7466-5406-8

In jeder dieser 16 Erzählungen schafft Strittmatter, der genaue Menschenbeobachter und Geschichtenerfinder, eine Welt für sich: mit Leidenschaften und Alltäglichem, mit den Höhen und Tiefen eines Menschenschicksals. Es gibt den alten Adam, den die Unruhe gepackt hat, weil er das Geheimnis der Elektrizität ergründen will; die lebenshungrige Kunstreiterin, die nicht seßhaft werden will und drei Männern ein Rätsel bleibt; einen Stein, der für den Traktoristen Wurzel zur Herausforderung wird; ein junges Paar, das ratlos der Kluft zwischen seinen Träumen und der Wirklichkeit gegenübersteht. Alle denkbaren menschlichen Tugenden und Untugenden kommen vor, von Strittmatter mit Wärme und ironischer Gelassenheit geschildert.

AtV
Aufbau Taschenbuch Verlag

Erwin Strittmatter

3/4hundert
Kleingeschichten

141 Seiten
Band 5418
ISBN 3-7466-5418-1

Diese Kleingeschichten laden ein zum Blättern und Verweilen, zum Nachdenken und Wiederlesen. Ihre anregende Wirkung entsteht aus Lebenskenntnis, Naturverbundenheit und Entdekkerfreude, aus Witz, Humor und einem tiefen Gefühl für Landschaft und Leute der Mark. Die kleine Begebenheit, die Episode wird erobert von der verjüngenden Kraft der Poesie und vor dem Schein der Alltäglichkeit bewahrt. Erwin Strittmatters Sprachkunst und seine Fähigkeit, Verstecktes aufzuspüren, haben sich vereint zum Vergnügen für die Freunde der pointierten Kurzprosa.

AtV
Aufbau Taschenbuch Verlag

Erwin Strittmatter

Die blaue Nachtigall oder
Der Anfang von etwas

Geschichten

122 Seiten
Band 5401
ISBN 3-7466-5401-7

Diese vier Erinnerungen, zu einem Zyklus verbunden, sind Lebensbericht und literarische Erfindung zugleich, biographische Geschichten mit hintergründigem Witz und Humor und manchmal satirisch. Erwin Strittmatter erzählt von seinem lesehungrigen Onkel Phile, davon, wie er seinen Großvater kennenlernte, von Pferdehandel und Pferderaub und schließlich – von der blauen Nachtigall, die aufflog, als der Dichter sich aus den Armen seiner Geliebten löste.

AtV
Aufbau Taschenbuch Verlag

Erwin Strittmatter

Grüner Juni

Eine Nachtigall-Geschichte

135 Seiten
Band 5433
ISBN 3-7466-5433-5

Esau Matt, der Ich-Erzähler aus der »Laden«-Trilogie, berichtet von seinen Erlebnissen fernab vom Familien-Laden: von seiner Odyssee durch karelischen Urwald, Ägäisches Meer und böhmische Kartoffelfelder, bis er heimkommt ins thüringische Grottenstadt, wo Frau Amanda im Begriff ist, eine Amerikanerin zu werden.

AtV
Aufbau Taschenbuch Verlag

Erwin Strittmatter
Selbstermunterungen

123 Seiten
Band 5405
ISBN 3-7466-5405-X

Als eine Art Notizbuch entstand dieser Band; eine Sammlung von Sentenzen und Aphorismen, poetischen und humorvollen Betrachtungen über die Natur, das Schreiben und über das Leben. Es sind unmittelbare Einblicke in Erwin Strittmatters Welt-Anschauungen, bevor sie ins epische Werk eingingen.

»Seit ich am Leben bin, habe ich Fragen; vorher hatte ich keine, und nach dem Ableben werde ich vermutlich keine haben. Ja, sag ich mir, lebe ich also nur, wenn ich frage, oder frage ich nur, wenn ich lebe?«

Erwin Strittmatter

Der Weihnachtsmann
in der Lumpenkiste

*Mit Illustrationen
von Klaus Ensikat*

*32 Seiten. Halbleinen
Fadenheftung*
ISBN 3-351-04020-2

Strittmatters Weihnachtsgeschichte ist eine Liebeserklärung an die Kindheit. Mit liebevollem Spott wird von den bangen Gebeten der Kinder erzählt, die sich vor dem ruppigen Ruprecht gewaltig fürchten. Doch dann bestellt die resolute Mutter kurzerhand das Christkind. Es erscheint mit Piepsstimme, in weißen Brautschuhen und Tüllschleier vor den Kindern in der kleinen Dorfschneiderei und wird von den schlauen Kleinen als Nachbarin entlarvt. Nach dem mißglückten Christkindbesuch erfindet die rührige Mutter ein neues Weihnachtsgeheimnis: die Werkstatt des Weihnachtsmanns auf dem Dachboden, wo man ihn rumpeln und werkeln hört. Strittmatters humorvolle Erzählung hat Klaus Ensikat in einzigartigen Bildern eingefangen, die das Geheimnis um Weihnachten, den Zauber der Landschaft und alte Bräuche stimmungsvoll illustrieren.

Für kleine und große Menschen

Aufbau BilderBücher

Erwin Strittmatter

Vor der Verwandlung

Aufzeichnungen

Lesung mit Manfred Steffen

3 CDs mit Booklet
237 min. 30 Tracks
ISBN 3-89813-197-1

Manfred Steffen liest »Vor der Verwandlung«, das letzte Buch des Schriftstellers Erwin Strittmatter, nach seinem Tode 1995 von Eva Strittmatter herausgegeben. Hier verarbeitet er die Beendigung des dritten »Laden«-Teils und den Trubel zu seinem 80. Geburtstag. Anekdotisch erzählt er von Personen aus seiner Nachbarschaft, aber auch von den Schwierigkeiten des Altwerdens und seinen Selbstzweifeln als Autor. So verweben sich skurrile Geschichten, Reflexionen und ironische Zeitbetrachtungen, Poesie und Humor zum »letzten Wort« eines großen Erzählers.

»Ein Abschiedsbrief, wie er bewegender nicht sein kann.«
Frankfurter Rundschau

»Ein poesievolles Geflecht aus beobachteter Natur und Menschengeschichten, aus Selbstauseinandersetzung und Lebensphilosophie.«
Leipziger Volkszeitung

Mehr hören. Mehr erleben.